文創風

love.doghouse.com.tw

狗屋硬底子，臺灣文創軟實力，原創風格無極限！

文創風
love.doghouse.com.tw

狗屋硬底子，臺灣文創軟實力，原創風格無極限！

文創風 005

強嫁

二

夏蘊清 著

第三十五章

先前一連下了半月的春雨，人們都被弄得懨懨的，沒有精神，待到今早，卻是陽光明媚的好天氣。

隨這場春雨消逝的是蕭蕭寒冬，如今已是暖風拂面的春日了。

老侯爺下了朝回到侯府，車剛停下便先一步探出頭來，問上前來扶他的小廝道：「世子可醒了？」

小廝支支吾吾，半晌才搖了一下頭。

老侯爺原先帶著希望的眼神便又黯淡了下去。

段衍之這一昏睡已經快半個月了。

想起當晚的事情，至今老侯爺還覺得震驚和憤怒。

當晚他跟兒媳說著在朝堂上皇帝要幫自己兒子奪他孫媳婦兒的事情，兩人同仇敵愾，熱情高漲，一連討論到晚飯時分，最後敲定等段衍之回來就讓他無論如何去把喬小扇給接回來。

管他什麼太子的破事，咱們不幹了！

可是這一等，一直到吃了晚飯也沒等到人。

老侯爺正在焦急，就聽門外僕人傳來一陣訝異的呼聲，趕忙走到前廳門口一看，就見段衍之一身雨水，形容狼狽，手中捧著一件衣裳緩緩走進了院子。

段夫人一向對他兇慣了，還沒等他走近便上前質問：「你去哪兒了？一整天弄成這樣回來，像什麼樣子！你這樣，難怪自己娘子會被人家覬覦！」

段衍之腳下一頓，抬眼看了看她。

段夫人和老侯爺接觸到他的眼神，心裡都不覺一驚。

此時的段衍之像是失了魂魄一般，空餘一副軀殼，眼神茫然而空洞，整張臉都慘白一片，完全沒有生氣。

「雲雨，你怎麼了？」老侯爺心疼的要上前，卻見段衍之突然一下子跪倒在他跟段夫人面前。

「孫兒無能，連自己的娘子也保不住……」話音剛落，口中驀地溢出一口鮮血，盡數落在手中的衣物上，被雨水一打，又暈開了來。

老侯爺大驚失色，連一向兇悍的段夫人也白了臉色。

正要上前之際，門口突然湧入一群人來，為首的是宮中皇帝身邊的總管太監。

見到眼前一家人這副模樣，總管太監只是掃了一眼便移開了視線，而後從懷裡摸出一卷黃軸道：「聖旨到！」

老侯爺和段夫人面面相覷，卻還是趕緊下了臺階到了跟前。

正要下跪時，宦官揮了一下手。「聖上說此事愧對侯府，免跪了吧。」

老侯爺心裡察覺到不妙，轉頭去看段衍之，他仍舊跪在那裡，卻不高不低地發出了一聲冷笑。

宦官被他這冷笑弄得身上都起了層雞皮疙瘩，乾咳了一聲，展開聖旨宣了起來──

「奉天承運皇帝詔曰：侯府世子妃喬小扇於今早突染暴疾，藥石難醫，酉時逝於宮中。」

老侯爺愣住，段夫人已經忍不住驚呼出聲，轉頭去看段衍之。

段衍之已經站起身來，朝宦官走了過來，一步步如同地府出來的鬼魅。

「現在她在哪兒？」段衍之盯著宦官的眼睛，聲音沈凝。

「世、世子節哀順變……因世子妃之病會傳染，故陛下已經命令……火、火化了……」

段衍之退後了兩步，越發抱緊了手中的衣裳，額間的碎髮貼在臉頰上，叫人看不清神情。

老侯爺這才從震驚中回過神來，這事發生得太過突然，誰能想到前陣子還是個鮮活的人，今日便遭了這樣的命運，連個全屍都不曾留下。

他越想越不對勁，還想要問清楚些，那宦官已經將聖旨納在段夫人手中，自己逃之夭夭了。

他只好去問段衍之，然而還沒開口，就又見他吐了一大口血，倒在了地上。

這一倒下便是半月之久。

侯府上下焦急不已，皇帝聽聞後特地派了御醫來瞧，卻被段夫人轟出了門。

府裡的大夫看了之後只說鬱積成疾，需靜養便好。但是一直這麼不醒來，又是怎麼回事？

老侯爺在官場混跡多年，仔細坐下一想便覺得此事不對勁。

且不說它發生得如此突然，光是時間也掐得古怪。酉時過世與晚上來傳聖旨的時間間隔不過一個時辰，怎麼能如此迅速地就處理了喬小扇的屍身？

這麼說來，便只有兩個可能，一個是喬小扇早在之前便已經過世了，還有一個便是皇帝不願將喬小扇的屍首交給侯府。

不管怎麼樣，這其中都有蹊蹺。

段夫人聽了之後只是冷哼道：「這有什麼？皇家的人說什麼便是什麼，我們又能如何？」這話委實說得大逆不道，可是段夫人此時在氣頭上，哪裡管得了那麼多。

老侯爺嘆息道：「怕是與太子有關吶……」

關於太子叫段衍之做的事情，雖然保密，但老侯爺多次為兩人傳信，多少也知道些事實。若說段衍之當初是借太子之事出去逃婚，還不如說他是借逃婚之事出去幫太子，然而說到底，幫他卻還是為了侯府。

段衍之深諳大隱於市的道理，要做一個平凡人，不是什麼都不做，而是做能做的事情卻只做到七成好，那人家便會認為你是平庸之輩。

若是什麼都不做，反而會叫人覺得摸不透你的底細，便會惹來猜忌。所以他選擇幫助太子，查一人，查到一半，謎底將明未明之時便脫身而出。

只是沒想到，自己會陷進去而已。

老侯爺雖然清楚他的用意，卻直到今時今日才知道他對喬小扇用情至深。

他老人家不知道，早在天水鎮段衍之聽到喬小扇說自己習慣孤獨那番話時便已然動了心。只因他自己也是那樣的心境，雖然表面風光，心裡的苦楚卻從不能拿出來訴說。

這世上，若是要找一個配他的女子，容易得很，可是要找一個心靈相契的人，只有喬小扇。

可惜的是，如今她已不在，最終他還是要一個人孤獨下去。

身似浮雲，心如飛絮。

老侯爺進入段衍之的房中，便看到段夫人守在床邊，一邊站著眉頭緊皺的巴烏，段衍之仍舊臉色蒼白的昏睡不醒。

他嘆了口氣，正要說話，外面突然有下人低聲稟報——

「侯爺，東宮送了請柬過來。」

「什麼？」老侯爺愣了愣。「拿進來。」

段夫人聽到這話也好奇地走了過來。「這個時候送什麼請柬？」

府中正準備辦喪事的時候，東宮莫非還要辦喜事？

老侯爺粗粗瀏覽了一遍帖子後，整個人驚怒非常，手都抖了起來。「竟然寡情至此！」

段夫人忍不住接過帖子看了一眼，下一瞬杏眼圓睜，也是一副怒不可遏之態。「好得很，雲雨這邊還在昏睡不醒，侯府正要辦白事，他倒急著辦喜事去了？好得很、好得很……」

「誰要辦喜事？」

突來的聲響讓老侯爺和段夫人都嚇了一跳，轉頭看去，段衍之已經撐著身子坐了起來，臉色蒼白得嚇人，眼睛卻牢牢盯著段夫人手中的帖子。

段夫人下意識地便要將帖子背到身後，卻被老侯爺一把拿了過來，走過去遞給了他。

「你醒了便好，好好看看太子的為人，他便是這般對你的！」

段衍之看了一眼他憤怒的神情，抬手接了過來，展開一看，神情沒有絲毫變化，好半晌過去，竟勾著唇笑了一下。

「原來是太子大婚……」段衍之抬眼看向老侯爺。「祖父可要去？」

老侯爺忿忿地甩袖。「欺人太甚！我才不會去！」

「那正好，我去。」

「什麼?!」老侯爺和段夫人同時驚呼出聲。

段衍之丟開請柬，披衣下床。「有機會進入東宮，我便會去。」

他這些日子雖然一直昏睡，腦中卻清醒得很，仔細地思索一番，喬小扇的事情委實太過蹊蹺，只是之前因為太在乎才失了方寸，如今不管如何，還是要進入東宮查探一番。

老侯爺明白他的用意，只好點了點頭。「如此也好，只是你一切要小心。讓巴烏陪你去吧？」

段衍之搖了搖頭。「我自己去便可。」

東宮太子與首輔胡寬之女的大婚定於三日後。

太子送來請柬，無非是要給他最深的一擊。

他瞭解太子的稟性，不可說太子不念舊情，只是他更在乎權勢。

如今太子意識到段衍之已成一個威脅，怎麼可能輕易就讓他重新站起？

可他段衍之若是如此就會被打倒，便不可能一步步走到今日了。

今日宮中早已作了佈置，大紅的綢子纏在樑柱之間，各處宮苑張燈結綵，熱鬧非凡，彷彿這裡從未有任何生命被抹殺過一般，一切都被喜慶所掩蓋。

太子一身喜服，神情從容，在正殿門邊接受百官道賀。

東宮苑門處，太監正高聲唱著來賓的名單，這自然是太子特地安排的。

大部分官員都已經到齊，只差幾位，其中便有定安侯。

又過了片刻，最後幾位也到了，定安侯府仍舊沒有人前來。

太子時不時地看一眼宮苑門口，臉上神情複雜，忽而染上一層得意，忽而又有些惘然。

走到這一步，究竟是值得還是不值得，他自己已經無法深究。

不一會兒，有太監上前對他行禮。

「殿下，陛下已至太廟，可以去告廟了。」

太子微微頷首，眼神再掃過門邊，看來他是不會來了。這一瞬，心中又閃過一絲得意。

正要領著百官往太廟而去，剛抬腳，忽聞太監高唱道——

「定安侯世子到——」

太子停步，抬眼看去，還未及做出反應，便聽到周圍傳來眾人訝異的呼聲。

段衍之緩步走了進來，身形消瘦不少，精神卻並不頹唐。

然而讓人驚訝的不是這個，而是他的裝束。

——今日太子大婚，他卻是一身縞素！

第三十六章

段衍之一身縞素參加太子大婚慶典的事情，後來被寫戲文的改編成了段子，塞進了戲曲裡，一時風靡大街小巷，成為一段經典——

「獨身赴宴，縞素纏身。你自有佳人在側，喜樂錚錚，何曾管吾失知己，黯然銷魂。」

當然，那是後話。

此時的情形是太子見到段衍之這模樣，臉色早已變得十分難看。一邊的官員們也都面面相覷，不知道該作何應對。

段衍之神情平淡，走到太子跟前，抬手行了一禮。「恭喜殿下。」

太子緊抿著唇，臉色鐵青，許久才冷聲道：「你這是做什麼？」

段衍之神色不改。「來向殿下道賀。」

「就是這樣道賀的？」

「內子剛逝，不著縞素是為不義；殿下大婚，不來道賀是為不忠。雲雨這樣安排，還望殿下諒解。」

太子沒有接話，只是緊緊地盯著他，段衍之亦回望向他，兩人彼此對視，如寒劍出鞘，鋒芒畢露，毫不相讓。

周圍的官員都很緊張，誰都知道以前太子殿下跟定安侯世子關係要好，怎麼也沒想到如今兩人會是這樣一副劍拔弩張的模樣。

一邊引路的太監上前，小心翼翼地提醒太子。「殿下，吉時快到了，別讓陛下久候了吧？」

太子回過神來，甩了一下衣袖，越過段衍之往前而去。

一行官員浩浩蕩蕩地跟在他身後，段衍之側身讓開，並沒有隨著人流一起過去，只望了一眼太子那一身喜慶的紅色便移開了視線。

忽有官員經過時拉了他一把，他抬眼看去，原來是當日在朝堂上見過的大理寺少卿秦大人，當時皇上有意讓他休妻另娶時，他還幫自己說了話。

「秦大人有事？」

秦大人四下看了一眼，趁著別人走遠，拉他往角落裡走。「世子啊，莫怪老夫多嘴，你今日這麼莽撞，可是要出事的。」

段衍之知道他的好意，微微一笑。「多謝大人提點，雲雨已經將理由說了，大人也該明白雲雨的心意。」

若是不這樣，便不能激得太子生氣，他怎麼能單獨留下？

「是，是，這個我自然知曉。」秦大人摸著鬍鬚嘆息。「事到如今，世子也看開些吧。人生在世，總有不如意，明哲保身才是明智之舉吶！」

段衍之抬手對他行了一禮。「大人所言極是，雲雨受教。」

秦大人點了點頭，又嘆了口氣，越過他朝太廟去了。

段衍之轉頭看向正殿大門，眼中神色難辨，不知等待自己的是什麼結果。他提步朝門邊走去，正準備進入殿中時，兩個太監攔下了他。

「世子留步，殿下吩咐過，閒雜人等在婚禮完成前不得入內。」

「你說我是閒雜人等？」段衍之的聲音沈了下來。

「不不，奴才不敢！世子恕罪……」兩個太監慌忙跪在地上，卻死死地堵住了入口，不讓他有進去的可能。

段衍之正要動怒，耳邊突然傳來一陣熟悉的低咳聲，雖然聽得不甚清晰，卻叫他心中大震！趕忙側身看去，殿前迴廊，空無一人。

段衍之顧不上多想，直直地順著聲音傳出的方向走去，沿著迴廊左轉，直走了一段便看到殿後方的那片竹林。一陣壓抑的低咳聲從林中傳出，他心中說不出是悲是喜，只有站在原地，怔忡半晌，竟不知該做何舉動。

「羽良娣，您感染了風寒，還是回去歇著吧。」

一個宮女的聲音遠遠地傳了過來，段衍之原本已經一步步接近竹林邊緣，聽到這聲音，心頭驀地閃過一陣失望。

難道是聽錯了？在這裡的不過是個太子的嬪妃嗎？

也是，若真的是她，太子不會這麼堂而皇之地讓她出來。

段衍之垂眼，心中剛剛燃起的一絲希望又盡數熄滅。也許還是想辦法回殿中打探一二比較實際。

身後有腳步聲接近，他閃身進入竹林，隱於側面的幾棵綠竹之後，就見幾步之外，一個宮女腳步匆匆地離開了。

段衍之平復了一下情緒，讓自己冷靜下來，正要舉步朝外走去，忽然感到身後有人，剛要回身，便聽到那人道——

「不要回頭。」

段衍之一愣，這聲音便是剛才咳嗽的聲音，也是吸引他來此的聲音，可是當她一開口說話，卻是嘶啞深沈，帶著一絲滄桑之感，與記憶中的聲音全不相同。

果然不是同一個人。

段衍之苦笑。他離開就是了，何必擔心他回頭？宮中女子與陌生男子不可多接觸的道理他自然懂得。

誰知他這邊正要舉步離開，那人的腳步聲又接近了些，然後一隻手搭在了他的肩頭，叫他一怔。他微微側目，就看到女子華麗宮裝的下襬上繡著大朵大朵的牡丹。

看來她很受太子寵愛。

「世子因何如此悲傷？」

段衍之錯愕。「良娣認識我？」

身後的女子頓了頓，粗啞的聲音再度響起。「自然，天下誰人不識君？」

段衍之自嘲地笑了一下。「良娣謬讚了。」

「世子還未回答我的問題。」

段衍之覺得古怪，第一次聽到一宮妃嬪自稱「我」。

他不太想與他人說起自己的事情，便隨意找了個說辭。「不過是些傷心事罷了。」

「可是與世子這一身縞素有關？」

「良娣深居宮中，可能不知曉，這一身縞素是為內子穿的。」段衍之說完這話，又萌生了離開的念頭，再這麼下去只會耽誤時間。

身後的人這次停頓了許久才道：「世子何必如此?世間美人如花，他日終有佳人在側，也許是一時閒情，世子莫要誤以為是真心。」

段衍之聽了這話有些不悅，正要反駁，忽而想起什麼，身子一僵，只覺渾身血液倒流，腦中一片空白。

微風拂過，竹林間細微作響，眼前情景漸漸模糊，彷彿又回到了那個一起登高觀星的冬夜，屋頂之上相依相偎，她卻起身嘆息「世子何必如此？世間美人如花，他日終有佳人在側，世子切莫將一時閒情誤以為是真心」。

胸口如同被千斤巨石壓迫，叫人窒息得說不出話來，眼中亦有些模糊。即使如此，他還是拚盡全力揚了揚嘴角。「娘子怎知……我不是真心……」

他怎麼會忘了她說過的話？一言一語、一顰一笑，都刻在了心裡，即使隔了時光，甚至是生死，也不會被拋諸腦後。

身後的人深深地吸了口氣，帶著一絲哽咽。

段衍之想要轉身，肩頭卻又被她按住，他只來得及看到她腰間的一塊玉珮。

那是他在天水鎮送給她做彩禮的，還說以後要補全了。

是她，她就在自己身後，手還搭在自己的肩上。

段衍之想到這點，手指都忍不住顫抖起來。

「相公……」

只一聲稱呼便再沒有下文，因為她忽然重重地咳了起來，咳得那般厲害，甚至讓段衍之都感到肩頭的顫動。

「娘子，妳怎麼了？」段衍之的聲音帶著一絲慌張。

「無、無妨，風寒罷了……」喬小扇平復了喘息，以篤定的語氣對他道：「相公放心，只要相公還在世上一日，我便不會輕易離開。」

這是承諾，不同於甜言蜜語，卻是許了生死不離。

死生契闊，與子成說。

段衍之心中五味雜陳，此時此刻只想轉身看她一眼，她卻緊緊地壓著他的肩頭，雖然力道還不到阻止段衍之的地步，卻顯示了她的決心。

「娘子為何連一眼都不見我？」

「相公不知古人有詩云相見時難別亦難嗎？還是不要見了，此時見了，只會徒增思念罷了。」

段衍之閉了閉眼，他不過是想看到她還好好地在自己面前，那便足夠了。

「相公。」喬小扇湊到他耳邊低聲道：「去揚州找我三妹，我將證據留在她那裡了。還有一封我父親的親筆書信，藏於天水鎮家中、我床底暗格之內。」

那信當初是寄放在鎮長家裡的，本是怕會暴露目標而被毀去證據，掩埋真相。後來喬小扇將之取出來後，就藏在了床底。

段衍之聽完之後一怔，身後她的氣息已經退遠。「回去吧，相公，待會兒便有人來了。」

她今日不過是抱著試試看的心情等在這裡，卻沒想到真的能見到他，原本還打算趁太子不在時去前面找他，然而他卻尋來了此處。

他是來找她的吧？即使不確定她還存活於這世間，還是抱著一絲希望在尋找她。光是這一份情意，也值得她用一生來回報了。

「娘子——」

段衍之還想說話，卻被喬小扇打斷。

「相公，無須擔心我。太子心高氣傲，不會將我怎樣，我會等著你從揚州回來。」

她還欠他一個婚禮，只要還有一口氣在，就一定會了卻這個心願。

段衍之點了點頭，舉步朝外走去，走了幾步停下，又想轉身看她，耳邊已經傳來宮女去而復返的腳步聲。

「相公，走吧，不要回頭，免得惹人懷疑。」

段衍之無奈，腳步邁得緩慢而遲疑，彷彿腳下有千斤重，每一步都走得極其艱難。

那一襲白衣越行越遠，背影已經比原先消瘦了許多。即使眼中已經模糊，所看到的不過只是一團白色的人影，喬小扇還是遲遲不願移開視線。

她怎會不想見他？只是不能罷了。

宮女端著一杯熱茶進了竹林，恭敬地遞給她。「羽良娣，請用茶。」

喬小扇接過，揭開杯蓋，一眼掃過碧青茶水映出的蒼白面容，又抬眼看向那抹身影，眼中蓄積已久的淚水終究還是滑落了下來。

死生契闊，與子成說。

我答應你，只要你還在這世上一日，我便不會輕易離開。

第三十七章

煙花三月未至，揚州已是美不勝收。

春風輕拂，柳絮紛飛，瓊花尚且才結了苞，掛在枝頭晶瑩可愛，孩童的風箏已迎著暖融融的日頭飛揚上了空中。城中文人墨客往來不斷，儒衫翻飛，好一派風流韻致，無一不彰顯著揚州城的繁華與寧和。

然而，很快這平和的環境便被一陣急促的馬蹄聲打破。一人鮮衣怒馬，快速而來，馬蹄踏過青石鋪就的街道，身上的玄色衣袂伴著如墨青絲隨風揚起，風姿幾乎吸引了街道兩旁所有人的視線。

眾人順著噠噠的聲音望去，只來得及看見陽光下光潔如玉的半邊臉頰，身邊便如疾風颳過，人早已策馬遠去，不過短短一瞬，只可見一點黑影。

此時的陸家一片安靜。

陸長風剛處理好了手頭上的事情，舉步朝西苑而去，人還未至院門口，便聽見一陣愉悅的笑聲傳了出來。他腳步頓了頓，聽出自己的母親似乎精神很好，微微笑了笑。

舉步入內，走了幾步便透過開著的窗戶看到坐在床邊替他母親梳頭的喬小葉，穿著藕色襦裙，髮髻整整齊齊的盤著，雖然模樣端莊，此時卻笑得前仰後合。他的母親吳氏只是看著她笑，並不介意她這般模樣。

陸長風好笑地搖了搖頭，低咳了一聲，推門進去，裡面的笑聲戛然而止，喬小葉轉過頭來，待看清是他，臉上又帶上了笑容。「相公，你來啦。」

陸長風點了點頭，上前對母親行了一禮。「娘，今日氣色似乎很好。」

「有小葉陪我說話，自然好很多。」吳氏笑了笑，推喬小葉起身。「去吧，別坐在我這兒了，這會兒好不容易長風忙完，妳去陪他吧。」

喬小葉的臉紅了起來，不好意思地看了一眼陸長風。

陸長風也尷尬，乾咳了一聲道：「娘，我是來看您的，怎麼才來就要趕我走呢？」

「去吧，你們一天才有多少時間相處？你們成親可還不久呢！」吳氏嗔怪地看著陸長風，意思顯而易見，是怕他冷落了喬小葉。

陸長風自知理虧，點了點頭，喚喬小葉一同出去。

兩人一前一後出了院子，卻沒有多說話。陸長風走在前面，意識到氣氛尷尬，想要打破僵局，回頭去看喬小葉，見她正一臉期待地看著自己，原本要說的話便又嚥了回去。

其實，他自己也不知道要說些什麼。

要完全敞開心胸接納一個人並非易事。

喬小葉剛到揚州時將家裡弄得一片混亂，更是將一直驕傲跋扈的二姨娘氣得夠嗆。那模樣都時不時地讓他想起一直埋在心裡的人影，可是如今過了這麼久，他倒反而沒了這感覺。記憶總會模糊，眼前的人卻清晰真實。

這段時日相處下來他也漸漸想開了些，人生在世能尋一真心待己之人實在困難，而喬小葉願意容忍他的冷淡，願意關愛他的家人，他還有什麼理由繼續將她拒之門外呢？

只是話雖如此，要一步登天也不可能，兩人現在能這樣如友人般相處，已經是不錯的進展了。只是他的母親著實著急得很，因為指望能早日抱上孫子，恨不得他們兩人成天黏在一起才好。

「大少爺……」

兩人默默無言地走了一段路後，被突然出現的金九給打斷了。他似乎很匆忙，還在不停的喘氣。

「大少爺，段公子來了！」

「段公子？」陸長風一時間沒有反應過來，他身後的喬小葉已經驚喜地叫了出來，三兩步上前攀住他的胳膊。「呀，相公，是大姊夫啊！我大姊肯定也來了！」

陸長風偏頭對上她喜氣洋洋的臉，視線又移到她攀著自己胳膊的手上，微微笑了一下。「那我們便去瞧瞧吧。」

喬小葉一聽這話，當即鬆了手，提了裙角就朝前跑去，一副等不及的模樣。

陸長風無奈地搖了搖頭，跟著她朝前廳走去，邊走邊吩咐金九準備酒菜招待段衍之夫婦，誰知金九卻又補充了一句——

「大少爺，其實只有段公子一人來的，而且似乎很著急。」

陸長風聞言頓了頓，而後加快腳步朝前廳走去。

喬小葉已經喜沖沖地進了廳中，一見到站在那裡的清俊身影便甜甜地喚了一聲。「大姊夫！」

段衍之一怔，轉過頭去，對上喬小葉喜悅的笑臉，看模樣似乎比在天水鎮的時候還要豐潤了些。他心中稍覺欣慰，喬小扇若是知道自己的妹妹過得不錯，應該也會開心的。

「咦，我大姊怎麼沒來？」喬小葉在廳內找了一圈，沒有找到喬小扇，有些奇怪地看向段衍之。「姊夫，你一個人來的？」

段衍之眼神微微一暗，點了點頭。「嗯。」

正說著話，陸長風走了進來，一眼看到段衍之竟微微愣了愣。眼前的人比當初在天水鎮時清瘦了不少，而且整個人的氣質都變了，臉上不見了往日總噙在嘴邊的一抹笑意，更沒有半點柔弱之態，只是在那兒靜靜的站著，便叫人覺得俊逸出塵，隱隱透出一股氣勢。

見他進門，段衍之轉頭看向他，淡淡一笑。「恪敬兄，許久未見了。」

陸長風回過神來，笑著回道：「的確許久未見了。雲雨怎麼一人來了？喬家大姊呢？」接觸到旁邊喬小葉投來的失落目光，他又趕緊改了口。「我是說，大姊怎麼沒有一起來？」

段衍之看了看眼前的兩人，察覺到了這細微的變化，笑容加深了些，卻很快便又隱去。「先不說別的，我今日來這裡是專程來找三妹的。」

「嗯？找我？」喬小葉愣住。「姊夫找我有何事？」

段衍之原先想單獨與她說，但瞥見陸長風探究的眼神，又想起他如今與喬小葉之間的關係，還是沒有避諱。「我來拿妳大姊當初交給妳的那樣東西。」

喬小葉眨了眨眼，她大姊交給她的東西？她蹙著眉仔細地想了想，好半天才想起來有這麼回事，當即拍手笑道：「那件東西啊！大姊說我可靠又聰明才交給我的，我迄今為止都好好保管著呢，可見我的確是堪當大任——」自我陶醉的話說了一半便戛然而止，喬小葉猛的驚醒過來。

「姊夫，我大姊是不是出什麼事了？」

當初她大姊可是說遇到事情才可以打開來看的，現在段衍之來要這東西，還不見她大姊，莫非是她大姊出了事？

喬小葉一想到這點，整個人臉色都白了。

段衍之知道無法瞞她，但也不想惹她擔心，便斟酌著回了一句。「妳大姊……一切平安，妳且先將東西拿來再說吧。」

喬小葉這才穩住了心神，趕忙轉身回房取東西去了。

陸長風看到她這模樣，不免有些擔心，待她走後忍不住問段衍之。「雲雨，究竟出了何事？」

段衍之抿了抿唇，看了他一會兒，卻是說了句不相干的話。「恪敬兄，花開堪折直須折，你當惜取眼前人，好好待三妹。」

陸長風聽出他語氣中的悵然，心中的疑問終是沒有再問出口。

沒一會兒喬小葉便又衝了回來，手裡抱著一個包裹，臉上仍舊一片慌張，還未走到段衍之跟前便急急忙忙地道：「姊夫，我想到了，是不是我大姊又犯了什麼砍人的事情了？」

段衍之朝她安撫的一笑。「沒有，妳大姊不會那般衝動的，放心吧。」

他伸手接過她手中的東西，擱在旁邊的小桌上打開，沒有看到想像中的書籍或者紙張，只是一、兩件衣裳，看樣子似乎是尚在襁褓中的孩子穿著的衣物。

喬小葉也是第一次見到這裡面的東西，不免有些奇怪。「怎麼就這兩件衣裳還弄得這般神秘？」

陸長風也忍不住上前看了看，疑惑地看向段衍之，後者已經取了衣物開始端詳。

一連看了兩件衣裳都沒有什麼特別的，段衍之拿起最後一件小褂，外面繡了喜鵲紋樣，裡子卻是用白紗布縫成，而那白紗布上被人用朱砂寫了字，密密麻麻的竟佈滿了整件衣裳。

段衍之心中一喜，趕忙抬到眼前細細看了起來。

喬小葉和陸長風雖然十分好奇，見到他這神情，也不敢隨意打斷他，只好耐心等著他看完。

一直到兩人幾乎再沒耐心等待下去的時候，段衍之才總算將手中的衣物拿離了視線，臉上的神情卻帶著莫大的震驚。

原來竟是這樣。

來之前他想過許多可能，卻從未想到過事情竟是這樣。

喬小葉心中已經焦急得不行，見他一臉驚訝還不說話便想去搶他手上的衣裳自己看，誰知段衍之卻先一步開始收拾包裹，隨即口氣焦急地對她道——

「我馬上便要回京，三妹放心，妳大姊一定會沒事。」

喬小葉趕忙一把拉住他。「不行，我不放心！姊夫，要不你帶我一起去吧？」

段衍之趕忙搖頭。「這怎麼行？京城已成是非之地，妳還是在揚州好好過日子，我一定會照顧好妳大姊的。」

話雖如此，喬小葉哪裡肯答應，拚命地拽著他不讓他離開。

段衍之心中焦急不已，恨不能現在就插翅飛回京城，卻也沒有辦法。

兩人正在僵持著，一隻手搭上喬小葉的手背，將段衍之解救了出來。

陸長風握了喬小葉的手，對她笑了笑。「娘子若是想要上京，我帶妳去好了。」

喬小葉先是一愣，接著便轉為欣喜，眼中滿是感動。「相公……多謝！」

段衍之嘆了口氣。「好吧，那就一起去吧。」他舉步朝外走去，剛到門外，又轉身道：「我們還要去一趟天水鎮，屆時不妨也叫上二妹一起吧。」

喬小葉連聲稱好，許久沒見兩個姊姊了，她自然興奮不已。

段衍之繼續朝外走去，誰也沒有注意到他眼中的焦急之色。

喬小扇還在等著他，他一刻也耽誤不得！

第三十八章

距離京城僅幾十里之遙的官道上，一輛馬車正飛馳而來。車簾掀開，一名身著短打勁裝，長相英氣的女子探出頭來，看了看外面一閃而過的景象，回頭道：「姊夫，大姊到底出了什麼事，你能不能透露一點？」

「沒什麼事，二妹儘管放心便是。」

段衍之的聲音平穩低沈，幾不可察的帶著一絲悵然。

喬小刀從不曾想過自己這個溫柔似水的姊夫會用這樣的口氣說話，被他語氣中的情緒感染，便乖乖地坐好了。

喬小葉與陸長風坐在馬車最裡面，見了這情形，都不約而同地看向段衍之。

其實段衍之這一路行來一直很少說話，偶爾說幾句，模樣也與過去大不相同。如同一件樂器，以前吹奏出的是溫和旖旎的靡靡之音，如今卻是鏗然低沈，雖然表面平靜，隱於之下的卻像是萬千鐵蹄，金戈肅殺。

陸長風是心細之人，路上已經不止一次琢磨過段衍之此番變化。他自然相信侯府世子之前的模樣都是裝出來的，但同時他也想到恐怕與喬小扇有關。只是他不敢說出來，因為喬小葉已經擔心了一路了。
又行了半日時間，馬車已經入了京城城門。
待到了侯府門口，正是夕陽西垂。
幾人急著趕路，都沒有好好吃一頓飽飯，此時到了侯府，渾身的疲憊都襲了過來。只有段衍之仍舊神色如常，車剛停下便自己跳了下去，門內已經有小廝快步迎了上來。
「世子，您可總算回來了！」小廝匆忙得很，連禮也顧不得行就急急忙忙地開口道：「老侯爺病得厲害，一個勁兒地叨唸著您呢！」
段衍之一驚，卻沒有說什麼，眼眸微微一閃，舉步朝裡走去。
後面的幾人見狀也趕忙跟上，因為段衍之一時沒有交代對他們的安排，只好全都跟著他往老侯爺的住處而去。
到了正屋，剛一推開大門便聞見一陣撲鼻而來的藥味。段衍之皺了一下眉，加快腳步走到了床邊。精緻的雕花大床上，老侯爺面色蒼白的仰面臥著，緊閉著雙眼，看上去十分頹然。
「祖父……」
隨著段衍之輕輕一聲呼喚，老侯爺睜開眼來，隨即眼中光芒一閃，頹態盡除，頓時一個鯉魚打挺就要坐起來，待眼神掃到段衍之身後的幾人，趕忙又「哎呀哎呀」亂叫著躺回去，還不忘用被子蒙住自己的頭抖索抖索，以證實自己病得很厲害。

段衍之笑了一下，扯開他頭上的被子。「祖父，不用裝了，這些都是自己人。」

老侯爺這才探出眼來瞧了瞧他身後莫名其妙的幾人，而後緩緩坐了起來。

「祖父既然裝病，想必是我說的事情應驗了吧？」

老侯爺點頭。「你說的一點都不錯，消息還真是靈通。」

段衍之微微一笑，略帶苦澀之意。

他在臨行前跟他祖父說過，太子雖然剛剛大婚，但一定不久就會納側妃，若是真有那事，他老人家便一定要裝病拖延時間，不可讓太子得逞。

老侯爺也不知道段衍之為何要做這樣的安排，但自己的孫媳婦都沒了，哪能看著太子左一個右一個的娶？他老人家心裡氣不過，也是孩子心性，有心要找太子麻煩，便立即就答應了下來。

本來還以為不過是一說，卻沒想到段衍之預料得那麼準，他前腳剛走，太子不過大婚三日，便要再行納妃。老侯爺一聽，頓時氣得七竅生煙，段夫人更是摔了手上的彩釉雲紋杯，兩人恨不得衝進宮去將太子拖出來一頓狠揍。

第二日早朝老侯爺便沒有去，段夫人親自進宮去跟太后訴苦，說侯門世代功勳，如今老侯爺重病不起，朝中竟無人問津云云。又拐彎抹角地說太子居然要在此時納妃，侯府前有新喪，後有病弱，皇恩豈可如此寡薄？

太后聽了心中不是滋味，便與皇帝說了此事，皇帝一聽也不舒服。此事可大可小，定安侯府是有開國之功的重臣，老侯爺一生與世無爭，如今到了重病的時候，自己的兒子還忙著納妃，前段時間更是在人家失了孫媳的時候行了大婚。

皇帝左思右想，叫來太子，吩咐他將納妃之事延後，而後派他親自去府上探望老侯爺。

太子倒也算盡責，幾乎是三日一次報到，殷勤得很，不過每日問的話都差不多——

「侯爺可覺得身子大好了？」

老侯爺自然知道他是急著納妃，理也不理他，一聽到這問題就一個勁兒地蒙著被子哼哼，時不時地說兩句自己命苦，一把年紀了還不能抱重孫之類的話，直把太子弄得臉色青白、拂袖而去才作罷。

實際上，就在段衍之他們剛才回來之前，太子的車輦才剛剛離開，臨走免不了又是一副難看的神色。

段衍之此時既然回來了，老侯爺也大大地鬆了口氣，邊起身穿衣邊問他。「你如何得知太子要納妃的？還有，突然心急火燎地趕去揚州又是做什麼？」

喬家姊妹和陸長風都有這疑問，一聽侯爺問話，便紛紛將視線移到了段衍之身上。

段衍之卻一動未動，連眼皮也不曾抬一下。

要他如何說？他的娘子喬小扇正是太子要納的妃子。

羽良娣。

他在竹林聽到這稱呼時，便知道了太子的心意。

留她性命，給她名分，讓她正大光明地留在太子身邊。

老實說，這件事太子做得並不精細。

既然對他有了防範，何不將事情做絕一點？就算是找個替身假扮成喬小扇的屍身交到他手上，也比什麼都不清不楚的好。更甚至，許多地方還故意留了破綻，別說他，就連他祖父和母親都懷疑喬小扇是不是真的已經不在人世。

直至見到喬小扇那日，段衍之才明白太子的意思。

他是刻意為之。

僅僅是為了給他一個希望，讓他知道喬小扇還在這世上，但是卻注定要成為太子的妃子，那對他便會是致命的一擊。

不是要你們天人永隔，而是即使近在咫尺，也相思相望不相親。

不愧是深諳帝王之術的太子殿下，對於發現臣子的弱點十分敏銳，對於摧垮臣子的意志，同樣也是不遺餘力。

雖然段衍之不會任其宰割，但不得不說，他是天生的帝王之才，因為在他的生命裡，重要的只有權勢，只有利益，只有適合自己的路。

只是，既然決定了要踏上那條路，就必定要承受這孤獨。

段衍之依舊什麼都沒說，但是早已在心中計劃好了一切。

御書房內，隨侍太監上了一盅蔘湯給皇帝之後，看了看窗外透亮的月色，小心翼翼地對皇帝道：「陛下，定安侯世子還在外面。」

皇帝停了手上的事情，慢悠悠地飲了一口湯，方才揮手道：「叫他進來吧。」

段衍之已經在外求見許久，從夕陽當空到過了晚膳時間再到夜深人靜，已然幾個時辰過去了。

皇帝自然是故意冷落他，並非是不喜他，實際上因著他母親的緣故，皇帝對他頗為喜愛，當初雲雨的字便是由他親自取的，有賜恩澤於他的意思，而如今這麼做卻全是為了太子。

段衍之當初在太子大婚時一身縞素赴宴之事早已轟動全京城，畢竟是親生兒子，還可能是將來的帝王，皇帝不可能不維護太子的聲譽。

到底是年輕人，縱使平時再怎麼溫和，遇到了事情還是沈不住脾氣，終究還是要壓一壓才是。

一圈心思想完，段衍之已經走進了書房。

身後的太監行了一禮，躬身退了出去。

「微臣參見陛下。」段衍之一掀衣襬，跪倒在地，雖然是極其卑微的動作，卻在他形如流水的動作下做得優美，玄色的禮服衣襬鋪陳在地上，頭微垂，只可見半張臉頰，燈光下溫潤如玉。

「起身吧。」皇帝嘆了口氣，見他這模樣，始終是不忍心再多說什麼苛責的話。他捏了捏眉心，雖然姿容英武，卻終究是老了，神情間疲態盡顯。「雲雨，你有何事一定要見朕？」

段衍之沈吟了一瞬，自懷間摸出一件幼兒的衣裳，雙手呈了上去。「陛下，可還記得一門三將的滕大將軍府嗎？」

皇帝神情一頓，伸手揭開面前的衣裳，裡子上的朱砂字跡清楚地躍入眼中。

「喬振綱？」皇帝一驚，抬頭不可思議地看著段衍之。「他當時竟沒死？」

「不僅他沒死，將軍府的遺孤也沒有死。」段衍之嘆息一聲。「陛下，事到如今，該還大將軍府一個公道了。」

皇帝的手顫了顫，遲疑了半晌方道：「雲雨，你該知道，僅憑這一件衣裳，治不了胡寬的罪。」

不僅治不了，反而還有可能會打草驚蛇。

胡寬若是這麼容易就被制伏，就不會一步步爬上今日的位置，還穩穩地坐著。即使他是大權在握的皇帝，想到他手中近乎半個朝堂的關係，也要忌憚三分。

「沒有確切的證據，朕不能答應你的要求。」皇帝揮了揮手。「你回去吧，此事不用再插手了，不是你能管得了的。」

段衍之微微一笑，身形如風閃過，下一刻衣裳已經回到他手中。

對上皇帝陛下驚愕非常的臉，段衍之再行一禮，恭敬地道：「陛下既然忌憚胡寬，何不下定決心？微臣一定找到足夠的證據，只求陛下給一句話。」

皇帝瞇了瞇眼，看向段衍之的神情是從未有過的肅然凌厲。

他彷彿看到了他父親的身影，英姿勃發，談笑間強虜灰飛煙滅的氣勢也不足以形容。如今，他一向認為溫柔和順的雲雨，何時竟也有了這樣的氣勢？

皇帝驀地有些理解自己的兒子為何會突然對他這般冷淡了。

「好，朕答應你。」過了許久，皇帝終於下定了決心。「你若真的能做到，朕也可以做到。」

你甘心成為朕除去障礙的一柄刀，朕豈有可能不握住？

段衍之行禮，眼睫都沒動一下。快退出門時，他突然又停下，對皇帝補充了一句。「還請陛下不要讓太子在此期間行納妃之事，若是惹怒了胡寬，恐怕事情也不好辦。」

太子剛剛大婚，又行納妃，確實不妥。皇帝並未多想，點頭同意下來。一個女人而已，什麼時候娶不都一樣？

將要出宮時，段衍之抬眼看了看東宮的方向，燈火通明，似乎很熱鬧。

他微微勾唇，朝暗處招了招手，一個模樣機靈的小太監三兩步竄了過來，低聲行禮。

「世子。」

「去看看羽良娣一切可好，另外……」他伸手入懷，將一封信遞給他。「將這信件交給太子妃，就說是與羽良娣有關。」

小太監連聲應下，身形一隱，沒入了黑暗之中。

段衍之最後回望了一眼東宮，轉身離去。

他叫皇帝讓太子等，可沒說自己也會等，最遲幾日，他一定會讓喬小扇出來。

第三十九章

東宮。

正是午後，暖風惹人醉，窗外是一眼的翠竹，粗壯的深沈而立，細嫩的隨風輕搖，旖旎卻不妖媚。

窗臺下的牆根處，迎春花開得正好，淡淡的香氣沁人心脾，一只鵝黃鮮嫩的花蕊冒出了頭，好似在對著窗邊的人輕笑。

窗邊置了一張軟榻，白底綴花的宮裝鋪陳其上，大朵大朵的牡丹在衣襬上開得絢爛，女子慵懶的側躺著，微瞇著雙眼看著窗外，若是站在窗外看到這情景，如夢似幻堪可入畫。

遺憾的是，女子的臉色無比蒼白，雖然抹了淡淡的胭脂，眉眼間的愁容卻怎麼也遮蓋不住，整個人好似沒了生氣，與這春日難以相容。

「在看什麼？」帶著愉悅笑意的聲音在她身後響起，而後一隻手搭在她的肩頭。

周圍的侍從趕緊迴避了視線，不敢多看。

喬小扇微微動了動肩膀，掙開了那手，不鹹不淡地回了一句。「沒什麼。」眼角瞥見那明黃袖口處的手握了握拳，她扯著唇嘲諷地笑了一下。

「今日春光明媚，本宮帶妳出去走走可好？」
「殿下願意帶民女出宮嗎？」聽到身後的人輕淺的笑聲凝滯住，她嘴角的笑容嘲諷之意越發明顯。「如果不願，那也就不用出去了。」
太子沒有說話，兩人陷入了沈默。
「殿下，陛下請您現在就去御書房。」一個小太監躬著身子，隔著珠簾對太子稟報，垂著的臉稍稍抬起，露出一雙機靈的眼睛。
「知道了，下去吧。」太子無奈地嘆息一聲，湊近喬小扇，臉上又帶上了笑容。「本來還想多陪陪妳的，看來只能下次了。妳好好歇著，本宮稍後再來看妳。」
喬小扇感受到他的氣息，偏頭讓開。
太子眼神暗了暗，雖不甘心卻也沒有表露出來，起身朝外走去，腳步聲很快就消失在耳邊。
喬小扇仍舊躺著沒動，只是望著外面的景致發呆。
不知道他可去了揚州沒有？
身後珠簾微動，金線繪鳳的精緻繡鞋緩緩邁入，鵝黃的衣襬如同窗外綻放的春光，頭飾鳳形步搖，斜插雙蝶繁花鈿花。眉分翠羽，色若春曉，舉止高貴，神情端莊，正是東宮太子妃娘娘。
屋內的侍從看到來人，先是一愣，接著便趕緊要行禮，太子妃玉臂輕抬，遣退左右。
貼身侍女有些遲疑地看了看她的神色，似乎想要提醒榻上的女子，被太子妃一個眼神給鎮住，趕緊退了出去。

「良娣妹妹。」太子妃走近兩步，輕聲喚喬小扇。

人影一動，喬小扇緩緩轉過頭來，太子妃對上她的面容，心中微微一驚。她剛嫁進東宮便知曉太子在偏殿藏了個紅顏知己，只是自視甚高，一直未曾來見，今日見到她的相貌，才知道太子為何如此心儀於她。

雖然說不上傾國傾城，但也是個清麗可人的美人，更何況她還如此與眾不同。光是那眼神，淡而疏離，落在身上時彷彿什麼都被她看透了，簡直有種無所遁形的感覺。

這樣的女子不該身在宮中，而是該立於清秀山川間，孤獨卻不該受拘束。

這便是太子剛娶她不過三日便打算冊立為妃的女子。

太子妃捏緊了掌心。她是當朝首輔最心愛的嫡長女，琴棋書畫無一不精，相貌品德亦是上乘，可是如今卻是輸給了這樣一個女子。

而這個女子現在只是淡淡的看著她，沒有說話，更不曾行禮。

「良娣妹妹。」太子妃壓下心中的情緒，又溫言喚了她一聲。「早就聽聞殿下身邊有妳這位紅顏知己，不曾想到今日才得見。」

「太子妃見諒，民女身體有恙，無法行禮。」喬小扇朝她微微欠身，實際上幾乎連身子都沒有動。

聽到她自稱民女，太子妃已經有些訝異，再看她的神情，心中已經有些明白過來。段衍之沒有騙她，喬小扇果然不是自願的。

這個念頭讓太子妃的心情好了不少，轉頭朝珠簾看了一眼，確信周圍沒有人之後，她走近幾步，蹲下身子與喬小扇平視，聲音壓得極低。「妹妹可想出宮？」

喬小扇眼眸一閃，眼中驀地聚集起了神采，太子妃離得近，竟被她這眼神給惑了一下。

「太子妃此言何意？」

是試探，還是真心？

「自然是要幫妳。」太子妃微微一笑。「亦是幫本宮自己。」

她爹告訴過她，這世上沒有什麼是會自己到手的，總是要靠自己的雙手去爭取。

比如太子，也是這樣。

「太子妃要如何幫我？」喬小扇的聲音原本就虛弱，此時刻意壓低，原先就粗啞的聲音越發顯得低沈。

「妹妹稍安勿躁，本宮自己當然沒這個能力，可是有個人卻是有的。」

「誰？」

太子妃掩唇輕笑，卻沒有回答，反而起身緩緩退了出去，姿態一如來時那般高雅。

喬小扇對她這舉動訝異非常，正愣愣地盯著珠簾看著，身後軟榻驀地陷了一下，她的人已經落入一人的懷中。

熟悉的淡淡清香縈繞在她鼻尖，男子低沈的聲音帶著笑意在她耳邊輕響。

「久聞此地有一佳人，本公子今日特來踏春取美。」

喬小扇的身子微微一僵，未等說話，眼中已經有些濕潤。「可是青雲公子？」

「正是。」

「好得很，若是旁人，我是不會依的。」

段衍之吃吃笑出聲來。「姑娘真是性情中人，本公子喜歡。」他一手扣上她的腰際，輕輕一提，未等喬小扇驚呼出聲，整個人已經被他翻過來抱在了懷裡。

眼中落入她蒼白面容的一瞬，段衍之整個人都愣了一下，原先如沐春風的笑意也瞬間斂去。

喬小扇眼神閃爍，慌忙要起身，人卻又被段衍之按住。

他的眼中已經沒有了原先的清亮，暗得攝人心魄，彷彿隨時都會掀起一陣狂風暴雨。

喬小扇喉中一癢，剛想咳出聲來，看到面前人的神情，又強忍了回去，對他微微笑了笑。

段衍之知道她這是故意說來讓自己放鬆，怎可拂了她的好意？深吸了口氣平復下心情後，總算重新揚起了笑容，像是從未看到她的神情一樣，點頭道：「是，卻也不是。」

「公子這是要調戲良家女子嗎？」

「喔？此話怎講？」

「光調戲姑娘本公子覺得意猶未盡，所以決定將妳帶回去好好養著，慢慢調戲。」

喬小扇臉上的笑僵住，一動也不動地盯著段衍之。「你是認真的？」

段衍之亦靜靜地凝視著她。「自然。」

喬小扇掙了掙手臂，想要起身。「你快走，這裡不是這麼容易就能出去的。」

「若非有把握，我豈會出現在這裡，剛才的太子妃又怎會說那番話？」

喬小扇被他的話說得愣住，不敢置信地看著他。他是說……她可以放心地跟他走嗎？

珠簾外傳來一陣響動，段衍之抱著喬小扇的手緊了一下，而後一把摟緊她躍出了窗戶，身形疾閃，不過片刻，已經入了竹林。

喬小扇在進入林中的一剎，心中陡然升起一陣擔憂。真的逃得出去嗎？逃出去之後又當怎樣？以太子的性格，豈會善罷甘休？

然而段衍之卻並沒有給她時間遲疑，竹林的盡頭是高高的院牆，南面牆角處被挖出了個三尺左右深的坑。喬小扇被段衍之抱在懷中看得分明，只看到那坑下面不是土，而是一塊厚重的石板。

段衍之扶她站好，手卻始終緊緊摟著她不曾放鬆，偏頭對她笑道：「姑娘，這一出去有許多未知，妳可害怕？」

喬小扇迎著他的目光，心中只覺一陣安定。「公子名震江湖，自然無懼。」

段衍之低笑了一聲。「好，那本公子就帶妳去個好地方。」說著自己率先跳下了坑，推開了那石板，而後小心翼翼地扶著喬小扇走了下來。

「你要帶我去哪兒？」

「去妳我曾經見過的地方，如何？」

段衍之將她揹在背上，沿著暗道慢慢走下去。

許久，只聽到喬小扇抱著他的脖子，在他耳邊低聲說了個字。

「好。」

兩人離開沒多久，一個小太監悄然趕至，將石板掩上，土坑填平，還不忘在上方撒了一層乾土。直到做到跟周圍一致後，才又悄悄離去。

第四十章

午後的陽光透過窗戶灑入宮殿，桌上的香爐中燃著上好的沉香木，淡淡的香氣縈繞在室內，嫋嫋香煙升騰，恍似氤氳出一方朦朧夢境。

桌邊靜坐著一道人影，正手執書卷看得津津有味。

下一刻，殿門猛地被大力推開，夢境乍破。

太子妃放下手中的書，抬頭盈盈看去，便瞧見太子殿下盛怒的臉。

她不緊不慢地放下手中的書，起身朝他福了福身。「臣妾參見殿下。」

太子沒有說話，更沒有叫她起身，只是緊緊地盯著她的神情。「聽聞愛妃今日去見了羽妃？」

「正是。」太子妃自己直起身來，疑惑地看著他。「殿下問這個做什麼？」

太子眯了眯眼，忽而冷笑起來。「不愧是胡首輔之女，這個時候還能這般沈靜。」

「殿下不說，臣妾如何知曉呢？」太子妃笑得溫柔無比。

太子臉上笑意盡斂，一步步朝她逼近。「本宮只是奇怪，因何愛妃一去了羽妃那裡，她便消失無蹤了？」

「喔？竟有此事？」雖然語氣驚訝，太子妃的神色卻仍舊沈穩。「既然人丟了，殿下可有尋找？」

太子在她面前三、四步處停下，捏緊了手心。「找遍了整個東宮，一無所獲。」

太子妃淡淡一笑，自顧自地坐回桌邊，手又拿起了那卷書。「恕臣妾直言，那便是出宮了吧。」

「妳竟敢偷放她出宮！」太子聞言勃然大怒，一掌拍在桌上，差點把香爐震翻。

太子妃抬頭迎上他的目光，眼中毫無懼意。「殿下，無憑無據，莫要錯怪了好人。臣妾可不敢將殿下的紅顏知己妄自送出宮去。」

「妳不敢？」太子冷哼。「妳見我對她呵護有加，難免心生妒恨，怎會不敢？不過妳最好弄清楚，當初是妳父親答應本宮將她留在身邊的，本宮可從未保證過東宮只有妳一人的位置！」

太子妃的臉色變了變，眼中閃過惱怒之色，但很快又壓了下來，不怒反笑。「臣妾以為當務之急是去找人，而不是猜忌，殿下以為如何？」

太子的臉色緩和了些，站直了身子。

他當然知道找人重要，事實上在知道喬小扇失蹤的第一刻，他便派人找遍了東宮。其他宮苑他不敢公然搜索，只好派遣心腹暗中查探。

至於東宮的幾處暗道，更是被列為了查探重地。

但是且不說喬小扇不知道暗道，就算是段衍之來救她，也無法找到暗道入口。

之前的暗道因為被許多老臣知曉，為了確保萬一，皇室早就廢而不用。

如今宮中的暗道是幾年前重新排佈過的，除了皇帝跟幾個皇子之外，幾乎沒有其他人知道。

這也是太子對太子妃點到為止的原因。

若說她從胡寬那裡得知了原先的暗道還有可能，不過那些暗道的關鍵關節早就被填死了，無法通往宮外，知道了也無妨。

可是新的暗道並未有動過的痕跡，喬小扇就像憑空蒸發了一般，竟然消失得不留任何痕跡。

他此時來找太子妃若說是質問，還不如說是套話。

太子妃見他沈吟不語，垂眼笑了一下，將手中的書往他面前攤開。

太子的思緒被她這動作打斷，垂眼看去，赫然映入眼簾的是一句話——

「魚，我所欲也，熊掌，亦我所欲也；二者不可得兼，舍魚而取熊掌者也。」

「殿下，魚與熊掌不可兼得，江山美人亦是。」太子妃重新捲起書，起身走至窗邊，望著天邊的雲彩道：「美人如花隔雲端，殿下還是握緊手中現有的吧。」

太子緊握著拳默不作聲，許久，掃了一眼窗邊的人影，拂袖大步離去。

太子妃連頭也沒回一下，視線投往南邊宮門方向。

此時首輔府上的馬車正不緊不慢地從那裡駛離宮門。

她的爹爹是答應太子坐享齊人之福，她卻沒必要留一個威脅自己地位的人在身邊。

何況，給段衍之一些好處，不見得是壞事。

太子妃嘲諷地笑了一下，也不知道爹爹為何要突然改而支持太子，不過因為一個女子就這般沉不住氣，能有什麼大作為？她進宮是要做皇后的，可不希望有什麼變數。

太子，你還是早些清醒吧，如此對你對我都好。

宮中歷來設有暗道，無非是為了退無可退時逃出宮用的。如今宮裡的暗道的確有新舊之分，但不代表舊的就一定不能用。

雖然原先的暗道通往宮外的關節被填死，但個別宮苑之間卻是可以相通的。

定安侯府在朝堂屹立幾朝不倒，宮中自然不乏眼線。段衍之尋了個最機靈的，將原先東宮周圍的暗道分佈告訴他，然後讓他一個個去試，距離最短的兩個宮苑之間的道路便是救喬小扇逃出之路。

也多虧太子妃不是膽小怕事之輩，不僅如此，計劃事情也頗為周詳。段衍之帶著喬小扇從暗道裡離開東宮到了另一處宮苑後，隨後上的卻是首輔府上的馬車，這樣大搖大擺的出去，誰也不會懷疑車中會有太子殿下要尋的人。

待馬車到了胡寬府上，段衍之卻又換乘了普通馬車，趕往城郊。

此時此刻，他坐在馬車中唯一的感慨就是：沒想到會有得到胡府幫助的一日。

世事無常，果然不假。

喬小扇靠在他肩頭，透過時不時被風捲起的窗格布簾看向外面，奇怪地問他。「我們到底要去哪兒？」

段衍之將她攬緊些，湊在她耳邊低笑。「姑娘莫不是反悔了？本公子這是要帶妳私奔了。」

喬小扇忍不住勾起了唇角。「那可怎麼好，我家相公也說過要帶我私奔的話呢！」

「哈哈……」段衍之朗聲笑了笑。「那般任由妳在宮中受苦的相公，不要也罷。」

喬小扇很想附和地笑一下，卻始終沒能扯動唇角。

何必自責，這一切本就不是你的錯。

她往他身邊更近地靠了靠，看著外面日漸隱去的日頭，忽而眼中一亮。「我知道了，你是要帶我去京郊驛站？」

段衍之點頭。「沒錯。」

京郊驛站此時已經清空，老侯爺、段夫人領著喬家姊妹等人在此翹首以盼。

沒一會兒，驛站前的道路上快速地駛來一輛馬車，老侯爺一見趕車的人是巴烏，頓時來了勁，差點就要迎上去了，被段夫人拉著才沒能動彈。

馬車停下，段衍之率先掀開車簾走了下來，而後攙著喬小扇慢慢地下了車。

喬家姊妹等人倒是只有驚喜，並無其他，老侯爺跟段夫人兩個知道喬小扇死過一次的人卻是驚訝得說不出話來。

巴烏一眼掃到老侯爺朝自己招手，還以為有什麼事情，趕忙跑過去，就見他狠狠地一把擰在他大腿上，疼得他一下子叫了出來。「哎呀！老侯爺，您這是做什麼啊？」

老侯爺看也不看他，自顧自地在一邊叨唸。「原來是真的啊……」說著，人已經朝喬小扇迎了上去。「孫媳婦兒啊……」

感謝蒼天啊，人活著就好啊……

段衍之見自己祖父這麼激動，趕緊對他使了個眼色，免得叫喬家姊妹看出異樣來。

老侯爺這才收拾了自己的豐富情感，轉頭找巴烏談感想去了。

可憐的巴烏一見他走近就唻的一聲跑得沒影了，惹得他老人家差點破口大罵。

喬家兩個妹妹早就湊到喬小扇跟前問東問西，看她穿著華麗的宮裝，先是覺得讚嘆，等看到她蒼白的臉色又覺得古怪。

喬小扇不願多言，一直顧左右而言他。

段衍之看出她為難，只好提議先進去說話，自己則一直扶著她，一路慢慢走入驛站。

侯府無人照管，老侯爺擔心太子生疑，自己又還在裝病，不能久留，所以確定了喬小扇沒事便先回府坐鎮去了。

段夫人不放心，暫時留了下來，老侯爺便為她和段衍之想了個「母子共同出門為自己尋訪名醫」的藉口。朝中皆知段氏母子一向孝順，這個藉口倒也能說得通。

段衍之一路扶著喬小扇走得極慢，她似渾身都沒有力氣，幾乎將整個人的重量都壓在他身上。曾經那般鮮活的一個人，如今卻是腳步虛浮。

等撇開眾人，到了房內，他才終於忍不住將心裡一直壓著的憂慮問了出來。「娘子，妳的身子究竟怎麼了？」

喬小扇由他扶著靠在床鋪上，搖了搖頭。「沒什麼，你不必擔心，不過是太子防著我偷跑，給我用了些藥罷了。」

「什麼藥？」段衍之雖然可以壓低了聲音，卻仍舊止不住語氣裡的慌張。

「相公不必擔憂，這藥只會讓人覺得疲倦罷了。太子辛辛苦苦將我留在身邊，豈會輕易害我？」

段衍之挨著床沿坐下，沒有說話。他當然相信喬小扇的話都是真的，但是他不相信太子。既然已經將人救出來了，解藥他也要得到。

他斂去眼中深意，俯下身吻了吻喬小扇的額角。「娘子說的是，我不擔憂，妳也不用擔憂，接下來的事，交給我就行了。」

喬小扇安心的一笑，輕輕點頭，不久便沈沈睡去。

這一路實在是倦了。

待醒來時已經天黑了，喬小扇撐著身子坐起來，緩緩走到窗邊朝外看去。

這間驛站因為在京郊，多是接待外來使臣用的，占地極廣，先前不知道段衍之用了什麼法子，來的時候一個人也不見，此時卻陸續有人來往了。

不過這樣也好，不會惹人懷疑。

喬小扇的房間在底層向陽的位置，窗外便是種了花草的院落。

有一人靜靜地站在院角，盯著一叢結了苞的花草發呆，不知道在想些什麼。喬小扇看離得不遠，便朝她喊了一聲。「母親。」

段夫人轉過頭來，看到是她，笑著朝窗邊走了過來。「醒了？」

喬小扇點頭。

「看妳這模樣似乎受了不少苦，委屈妳了。」段夫人苦笑了一下。「跟著段家的男人都是這樣，不過妳比我要好命多了。」

喬小扇這才想起段衍之曾在這裡報了殺父之仇，想必段夫人是觸景傷情了。她也不知道該如何安慰人，一時就沒話接下去了。

段夫人看了看她的神情，笑道：「妳別被我這模樣嚇著了，我只不過是想起了以前的事情，生出了些感慨罷了。」

「母親有何感慨？」

段夫人嘆息道：「我這些年一直在想，那個時候雲雨的父親出去遊歷，我就應該一起去的。」

一個人在眼前時，會以為時間還很多，等到乍一消失之後，才知道自己錯得多麼離譜。

喬小扇聽完這話沈默了許久，而後對段夫人點了點頭。

「母親說的是，我也有件事情想趁早做。」

第四十一章

第二天段衍之出去了一整天，其一是查看侯府情形；其二是去宮中見了皇帝，順便打探了一番東宮的情形。

太子果然已經警覺，老侯爺賣力演戲才算勉強蒙混過去。皇帝為了能早日扳倒胡寬，倒也配合地給了段衍之支持，有意無意地透露了他正努力為祖父之病奔波的消息。太子對自己父皇的話自然是不敢不信的。

這一番忙完，直到傍晚時分段衍之才趕往京郊驛站。

一路馳馬趕到驛站門口，最後一縷夕陽已經隱去，他剛翻身下馬，巴烏和老侯爺便從門內迎了出來。

「哎呀，辛苦了，乖孫子，快來讓祖父瞧瞧瘦了沒？」老侯爺沒頭沒尾地喊了一句，說著就要誇張地撲上來。

段衍之一個側身讓開，莫名其妙地看著他。「祖父，您怎麼忽然溜到這兒來了？」幾個時辰前不是還在府中裝病嗎？忽然又跑來這裡做什麼？

老侯爺訕訕地笑了笑，對一邊的巴烏擠眉弄眼。

巴烏不甘不願地上前，一把抱住段衍之的腰。「公子，稍後……稍後再進去，裡面在忙！」
老侯爺一個起跳，在他頭上落下一個爆栗。「叫你別多嘴，怎麼這麼笨！」
巴烏捂著腦門，委屈地看著他。「可是我真的不知道該怎麼阻止公子進去嘛！」
段衍之瞇了瞇眼，看著掛在自己身上的兩人，聲音驀地沈了下來。「到底怎麼回事？」
巴烏被他的眼神震住，下意識的就要鬆手，老侯爺趕緊掐了他一把，示意他不准鬆手。
段衍之眼珠輕轉，心中一驚，想到可能是喬小扇出了事，慌忙推開巴烏就衝進了驛站。
老侯爺被巴烏一下子撞倒在地，看著段衍之衝進去的背影，一個勁兒地捶他。「看你這麼大塊頭，怎麼關鍵時刻不頂用喲！」
段衍之慌慌張張地衝進大廳，三三兩兩經過的人看到他這模樣都有些奇怪。
他根本連停頓的時間都沒有，飛快地跑到喬小扇居住的小院前，猛地頓下了步子。
陸長風如同門神一般守在院門邊，見到他現身，眼神有些不自然的四下游移著。
段衍之心中焦急，二話不說就想要越過他進門，卻被一把攔下。
「你這般匆忙做什麼？又沒有人在後面攆你。」
段衍之袖口一拂，陸長風話音頓止，下一刻正準備破門而入，門卻自己打開了。
段夫人從裡面探出頭來朝他嚷嚷道：「做什麼這麼莽撞？急急躁躁的像什麼樣子？」
「母親，小扇她……」段衍之皺了皺眉，還是決定往裡面擠。「不行，我要去看看，她是不是出什麼事了?」

「沒什麼事，你先等著。」段夫人用力地巴著門不讓他進，母子兩人如同孩子一樣，在門邊較著勁。

「好了、好了，準備好了，讓大姊夫進來吧！」

院中響起喬小葉的聲音，段夫人這才鬆了手，朝院內努努嘴。「喏，進來吧。」

段衍之忙不迭地跟進去，才到門邊便又愣住。

紅色的綢緞鋪在腳下，一直延伸進面前的房門。大紅的喜字貼滿了門窗，紅灼灼的倒映在他的眼中。

震驚之外，更是欣喜。

段夫人在他背後拍了一掌。「還愣著做什麼?快進去啊！」

段衍之回過神來，腳步卻反而邁不動了。也許是一時間太過驚喜，眼前的場景簡直如夢似幻。

段夫人不管他心裡想什麼，乾脆把他推進了房換衣裳。

外室的桌上放了供品香案，紅燭喜氣洋洋的燃著。

喬小扇人應該在內室，段衍之沒有瞧見她，不過就算瞧見了，也不知道該說些什麼，此時此刻，他竟如毛頭小子般羞澀了起來。

鬧哄哄的忙亂了一陣後，段衍之身上換上了大紅的喜服，被推到了桌邊站好，喬家姊妹則一左一右將喬小扇給攙了出來。

當初在天水鎮那次拜堂不過是敷衍了事，與今日心情自然不同。段衍之看著喬小扇身著大紅喜服緩步朝他走來的模樣，心中只覺得滿足感幾乎要溢出胸腔。

從今而後，執手終身，不負彼此。

老侯爺已經被巴烏扶著坐到了上首位置，段夫人坐在另一側，段衍之接過喬小扇手中的紅綢，嘴角露出清淺的微笑。

陸長風今日充當了一回司儀，不過因為身處驛站多有不便，即使是請新人拜堂也喊得十分溫柔。

兩位新人雙雙對老侯爺及段夫人行了禮，在陸長風的一句「送入洞房」中便完成了儀式。身後的幾人一直目送著二人走入洞房，眼裡都帶著由衷的欣喜。

喬家姊妹最先從大姊那裡知道她身上發生的事，但喬小扇不會將事情說得多詳細，為免二人擔憂，還隱瞞了自己被下藥的事。儘管如此，幾人還是多少能從她極差的臉色推測出她這段時間所受的磨難。如今見她與段衍之幸福地走到一起，心中自然欣慰。

段衍之知道這比原先侯府準備的那次不知道精簡了多少，心中多少覺得愧疚，引著喬小扇入洞房時，用力地握了握她的手，像是急於表達以後要對她好的決心一般。

喬小扇的手微微泛著涼意，接觸到他溫熱的手掌，又反過來握了握他的。

段夫人在外面草草收拾了一番，很快的所有人都被老侯爺給趕出了門。

誰也不能體會他急於抱重孫的心情吶……

屋外天色已經暗下，紅燭在內室灼灼燃燒。

喬小扇端坐在床頭，雙手交疊置於膝上，時不時地擺弄一下衣角，微微洩漏心中的緊張。

洞房花燭，縱使再沈穩，她也只是個未經人事的姑娘家，怎能不緊張？

段衍之走近，似不敢驚動她一般，好一會兒才輕輕揭去了她頭上的蓋頭。燭光搖曳之下，精心修飾過的面容嬌媚奪目，微微垂首，眼睫輕顫，一副女兒心事欲語還休之態，只一眼便叫人沈醉。

段衍之穩了穩心神，笑著取過桌上的兩杯美酒，遞了一杯給她。「娘子，妳我終究能共飲這杯合巹酒了。」

喬小扇抬首看他，臉頰微微泛紅，默不作聲地舉起酒杯。

段衍之知曉她心中害羞，也不多言，只是臉上忍不住笑，與她纏臂對飲時被看到，喬小扇的臉紅得越發厲害。

飲了酒又吃了些菜，天已經完全黑透，兩人相對坐著，竟不知道該說些什麼。

桌上紅燭「啪」的爆了個燈花，總算將段衍之神遊的思緒給拉了回來。

他輕輕咳了一聲，望向喬小扇。「娘子，早些歇著吧。」

喬小扇垂首不語，只是忍不住更加頻繁地擺弄衣角。

段衍之看到，終於忍不住笑出聲來。「娘子，妳也太緊張了些。」

他起身走到她身邊，拉了她的手，正想要引著她往床邊去，卻被喬小扇反拉了一把，站定了腳步。

「相公……」她沒再說下去，只是拉著他走到窗邊，緩緩朝南跪了下來。

段衍之心中奇怪，但知道她必有用意，便也跟著跪了下來。

喬小扇轉頭看了他一眼，低聲道：「我爹去世之前唯有兩件事放心不下，一件是將軍府當年的慘案，還有一件便是我的親事。他老人家一直認為我沈悶古板，最怕我找不著婆家，所以今日成婚，當稟明他在天之靈，免得他還替我擔心。」

段衍之握著她的手點了點頭。「這是自然，娘子說的是，是我大意了。」

喬小扇朝他淡淡一笑，端正了身子，朝南拜了一拜。「爹爹，女兒今日總算成家了……」

原先那場鬧劇式的婚嫁自然作不得數，如今兩人才算是正式成為了夫妻。喬小扇其實有很多話想對她父親說，但如今真的跪在這裡，說出口的卻只是這樣一句。

她成家了。

過去總是一人承擔著一切，無論是家庭還是那個巨大的秘密，如今總算不用再獨自承受。段衍之說過，即使他是過客，也想在她生命中停留得久一點。

而如今，她希望他停留一生一世。

段衍之也跟著她拜了拜，而後握緊了她的手扶她起身，湊在她耳邊低語：「我只希望娘子此生不再孤單。」

他的眸中帶著淡淡的笑意，喬小扇卻清晰地看出他隱於其下的心疼憐惜。

彩帳銀鈎，帷幕深深，喬小扇被段衍之牽著坐到床沿之際，像是又回到了先前，臉上又燒了起來。

段衍之無奈的一笑，輕輕攬她入懷，像是怕她受驚一般，什麼也沒做，只是擁著她低聲說話。不過是些平常的話題，此時聽在喬小扇耳中卻猶如甜蜜的情話。漸漸地，忙碌了一天的疲倦襲了過來，她半瞇著雙眸，耳邊的聲音開始變得朦朧。

不過很快那聲音又變得清晰起來，段衍之湊到她的耳邊，輕輕地說了句什麼，她還未聽清內容，他卻突然斷了話頭，而後溫熱的雙唇自她耳垂輕輕刮過，她微微顫了一下身子，懵懵懂懂地看向段衍之，眼中卻像染上了一層光暈，頭腦都因這忽來的一吻而迷糊起來。段衍之的臉輕輕覆了過來，親吻如同羽毛般輕柔地拂過她的額頭、鼻尖，然後落在她的唇上。

喬小扇只覺得心中似乎響起了什麼聲音，呼嘯著在頭頂炸開，渾身都如同落入了沸水，灼熱感一波一波地在胸懷間澎湃不止，終於忍不住低低地吐出一個音節，卻又被段衍之吞入唇中。

他的手緩緩在她身上游移，如同相觸的雙唇，開始時輕慢柔軟，慢慢地卻加重了力道。她迷茫間睜開眼望去，只看見他亮如星辰的眸子帶著一絲忍俊不禁，而後一雙手遮住了她的眼睛，隨之人被輕輕按倒在床上……

肌膚之間的親密觸感讓喬小扇微微驚醒，身上早已衣衫半褪，兩人緊密地貼在一起，她幾乎能感受到段衍之的心跳。心中彷彿生出許多渴求，卻又說不清是什麼，段衍之的手一路往下，她輕輕呻吟了一聲，下意識地阻止了他的動作。

「娘子莫怕……」段衍之貼在她耳邊低聲誘哄著，手卻將她摟得更緊，唇從她的脖間細密地落下，一路往下，在鎖骨間慢慢遊走不止。

喬小扇終於完全放鬆下來，心中湧出一絲安寧，身子卻越發炙熱，反手緊緊抱住了他的脊背。

無須徬徨，更無須懷疑，只需全心全意接受眼前之人，從身到心，一併託付。

忽然驚呼出聲的剎那，段衍之俯身堵住她的唇，在她細碎的呻吟消散之際，在她耳邊低低地說了三個字。

喬小扇眼睫半濕，不知是因為疼痛還是因為感動，只是用力地抱緊了他，彷彿是種宣告。

從今以後，不再孤獨。

第四十二章

清晨的陽光淡淡灑入院中，露珠猶在花葉間輕輕滾動，偶爾響起一、兩聲清脆的鳥啼，打破了院中的寧靜。

喬小刀與喬小葉一路走到喬小扇的房間門口，推門而入。

段衍之已然起身出門，喬小扇正坐在梳妝檯前梳頭，見她們二人進來，招了招手。「妳們過來。」

喬小刀率先走近兩步，曖昧地湊到她跟前眨了眨眼。「大姊，經過洞房花燭夜，再看妳，似乎有些不同了啊！」

喬小扇朝她溫柔地笑了一下，蒼白的臉上閃過一絲紅暈，但瞬間又冷下了臉，低喝了一聲。

「給我站好！」

喬小刀忙不迭地站直身子，抽著嘴角看她。「大姊，一大早的，這麼大脾氣做什麼？」

喬小葉忍不住心中好奇，問她道：「大姊找我們來有什麼事？」

今日一早段衍之出門之際便告訴她們，喬小扇找她們倆有事，喬小葉已經奇怪到現在了，要不是喬小刀磨磨蹭蹭，她早就跑來問答案了。

喬小扇對著鏡子理了理髮鬢，示意她扶自己起身，坐到了一邊的桌旁。「我要告訴妳們一件事。」

「喔？」喬小刀來了興趣，恭恭敬敬地在她身邊坐了下來。「是秘密？快說！快說！」旁邊的喬小葉也是一臉期待地看著她。

喬小扇點了一下頭，看了看眼前的姊妹二人。「我要告訴妳們的是我當初砍人那件事。」兩姊妹聞言都怔了怔，這件事情她們不是沒有問過，但是喬小扇以前從不願多說，怎麼今日想起告訴她們來了？難不成洞房花燭之後，人就藏不住秘密了？

兩人還在一邊胡思亂想，喬小扇已經在旁娓娓道來。

在她們的父親過世之前，喬小扇都是一個安分守己、沈穩度日的姑娘，每日所要操心的無非是家中兩個妹妹的生活，其餘的根本沒有任何想法，但這一切都被喬老爺子臨終的遺言給打斷了。

喬小扇猶記得她父親滿含悲痛的雙眼，緊握著她的手，臉上寫滿了憤恨與不甘。

當時她們的父親支走了兩個妹妹，卻獨獨將這件往事告訴了她。

二十年前的喬老爺子還沒有化名喬榛，更不在天水鎮，他那時叫喬振綱，還在京城，身居御林軍副統領一職。

說起這個官職，其實多虧了當朝大將軍滕逢。喬振綱早年追隨他征戰沙場，後來因為娶妻成家，滕將軍惦念他的功勞，便替他求了個穩妥的官職。在喬振綱心中，滕將軍不僅是上級，更是恩人，但他從未想過自己有朝一日會害了自己的恩人。

喬振綱因為是滕將軍的嫡系心腹，知曉許多將軍府的秘密，甚至連將軍府的密道入口都知道在哪兒。一日與以前一個軍中好友對飲，暢快至極時，無意中被他套出了話，將密道入口告知了他。瞬間反應過來後，喬振綱連忙逼著那人賭咒發誓，說絕不可透露出去半個字，這才算作罷。但他沒想到滕將軍早就被人盯上，且此人還是當朝唯一可以與大將軍勢力相抗的首輔大人，而他昔日的至交也早已叛變成為首輔大人的鷹犬。

喬振綱清楚地記得當日的慘狀。將軍府老將軍做壽，大將軍滕逢尊其心意，簡要地辦了個壽宴，來道賀的均是至交好友與骨肉至親。然而宴席尚未開始多久，一行裝扮成為蒙古殺手的刺客頃刻間便襲了進來，動作迅捷凌厲，出手盡為必殺之招。

滕逢畢竟久經沙場，立即吩咐家丁對抗，當即囑咐離他最近的喬振綱帶著自己的妻女老父進密道躲一躲。

滕老將軍也是軍人出身，家中驟逢劇變，他自然不肯離去，情急之下，喬振綱只好先帶著將軍夫人和小姐進入密道之中。

本以為那些刺客不會是滕將軍和眾多將軍府護衛的對手，但在密道中待了許久也不見人來。他心中意識到不妙，正想出去，身邊的將軍夫人忽的吐出一口血來，他這才知道酒菜被下了毒。

而此時外面的將軍府早已血流成河，滕將軍苦戰數個時辰，直至日頭西斜，身上早已一身血漬，老將軍也是一身的傷。他們的周圍遍佈著自己親人、朋友的屍體，刺客卻還在不斷地湧入……

密道的入口處突然傳來沈重的腳步聲，喬振綱心中感到不妙，連忙護著將軍夫人朝後方出口而去，在到達出口的剎那，將軍夫人卻死活也不肯離開。

喬振綱自己也中了毒，硬拚只有死路一條，但將軍的命令便是軍令，即使戰死，他也要護將軍夫人和小姐的周全，便不管不顧地要衝過去跟來人拚命。誰知剛動一步卻又被將軍夫人拉住，她將自己的女兒交到他懷裡，嘴裡溢出大口大口的鮮血。喬振綱怕她撐不下去，想要強行帶她離開，她卻不知從哪兒來了力氣，一把將他推了出去，隨後迅速地關上了出口。

喬振綱在最後一剎看到了自己好友的面孔，心中一涼，才知道自己做了什麼。是他酒後失言才造成了今日的慘狀，這一切都是拜他所賜！他忍住要發作的毒性，抱著孩子一下子跌坐在地上。

懷中的孩子不過剛滿周歲，頭髮已經很濃密，睜著圓溜溜的眼睛看著他，毫不知曉此刻她的家人正面臨著一場蓄謀已久的屠殺。

所幸的是她還小，沒有碰過那些酒菜，所以沒有中毒。喬振綱自己喝的酒不多，強制壓下毒性後，抱著孩子慌忙回到家，交給自己的娘子，讓她帶著小姐和自己的孩子一起去她的娘家避一避，他自己則返回了將軍府幫忙。

只是，終究還是去晚了。

他伏在牆頭，看著那些刺客將一具具屍骸扔進將軍府後院的井中，其中還有今日的壽星滕老將軍。等最後看到血肉模糊的滕將軍的屍身，即使身為軍人，他也幾乎忍不住要哭出來。

世代忠良的大將軍府，如何會成為這樣的人間煉獄？

喬振綱忍住顫抖，儘量將身子伏低，目光四下搜尋，總算看到了罪魁禍首。他以前的至交、出賣將軍府的走狗，正興高采烈地讚賞著刺客們的英勇。喬振綱尾隨著他出了門，一路跟蹤，直到看著他進入首輔大人的府上……

沒多久，朝廷查出了結果，大將軍多次剿滅前朝餘孽有功，被蒙古餘孽尋機報復，滿門盡滅。皇帝陛下派人遠至塞外尋找兇手，最後殺了一批無辜的蒙古人，此事便不了了之。

喬老爺子對喬小扇說這話時，詳細地描繪了那告密之人的形容相貌，最後唯一的憤恨就是不能手刃此人，為大將軍報仇，也難以消除心中背負了多年的愧疚。

那人帶給大將軍府的慘痛，喬老爺子清楚地記得，所以他臨終時憤恨不甘，滿心都是報仇之事。而喬老爺子含恨而終的情形喬小扇也清楚地記得，所以她最終決定完成父親的心願。

她當日在將軍府對著枯井跪拜時，告訴段衍之那些都是「有愧之人」，只因大將軍府的幾百條性命，都是他們喬家虧欠的。所以她當初才會千里上京報仇，只可惜雖然尋到了那個告密之人，卻不曾想他一直有高人保護，不僅沒得手，還落得一身的傷，若不是後來遇到段衍之，差點便沒命回去。

但即使保住了一命，也最終難逃被捕的命運，所幸對方沒查出任何動機，她又一口咬定自己認錯了人，才被從輕發落，判了蹲牢兩年。

喬小刀和喬小扇早就聽愣了，半天也沒回過神來，最後還是被喬小扇在眼前搖了搖手才喚回了神智。

「那麼那位將軍府的小姐呢？」喬小葉一回過神來第一句問的便是這個。

喬小扇看了她一眼，神情猶疑，沈默不語。

喬小刀瞬間反應過來，嘴張得老大，顫抖著手指向喬小扇，嘴唇都有些哆嗦，扯著喬小葉的衣袖嚎了一聲。「媽呀，咱們的大姊原來是位大小姐啊！」

喬小葉見喬小扇一直不說話，心中也想到了這點，腦中一個激靈，忍不住往喬小刀那兒靠了靠，姊妹倆齊齊退後一步，轉過身去，腦門抵腦門的小聲嘀咕。

「其實我以前就發現她跟我們兩姊妹長得不像了。」

「沒錯、沒錯，尤其是脾氣，根本就不像咱老喬家的人吶！」

「可不是，千年才出一個的人物，敢去砍人吶！這氣度……嘖嘖，絕對是將軍府之後啊！」

「是啊、是啊……」

房門驀地被推開，段衍之踏著門外的陽光走了進來，眼神在三姊妹身上一一掃過，對喬小扇點了點頭。「娘子都說了？」

「說了。」喬小扇猶豫地看了看兩姊妹，又看了看他。「相公真的要帶她去見聖上？」

段衍之走到她身邊，朝她安撫地笑了笑。「嗯，陛下如此要求，無非是不相信我真的找到了將軍府遺孤，我是為了讓他相信，也好早日為將軍府平反當年的冤案。」

喬小扇無奈地點了一下頭。「那好吧。」

段衍之攬了攬她的肩，俯身在她耳邊低語：「娘子放心，我會護她周全。」

喬小扇輕輕點頭，眼神又掃向面前的兩個妹妹。

喬小刀和喬小扇被她的眼神弄得莫名其妙，正在大眼瞪小眼之際，段衍之突然走到兩人身邊，對喬小刀笑著頷了頷首。

「二妹，請隨我入宮吧。」

欸？

第四十三章

驛站內，喬小葉正在院中心不在焉地踢著腳下的一塊石子，神情很憂慮。

陸長風剛從城中回來，見到她這模樣，好奇地走了過來。「妳怎麼了？」

喬小葉抬頭看了看他，又垂下了頭。「沒什麼，我只是為我二姊擔心罷了，她隨大姊夫進宮去了。」

「什麼？」陸長風不解。「她為何要隨雲雨進宮？」

喬小葉猶豫了一瞬，湊到他耳邊低語了一陣，待退回身子，臉上又露出了擔憂之色。

陸長風好一會兒才消化完這個消息，壓下心中的震驚，好言寬慰她。「放心好了，雲雨心中有數，妳二姊定會沒事。」

喬小葉仍舊有些擔心，若是沒有聽她大姊說起將軍府當年的慘案，興許還好些，現在知道了前後因果，始終叫人心中覺得不安。不過她也不忍心陸長風為自己擔心，便趕緊收起了情緒，朝他笑了笑。「相公從何處而來？」

陸長風眼神微微閃爍，低咳了一聲。「我去了城裡……尹家。」

「嗯？尹家？」

「嗯，我去看了我七妹。」

喬小葉神情僵了一下。她在揚州就知道陸長風跟他七妹十分要好，婆婆吳氏更是在他們上京之前特地提醒她看著陸長風，不要讓他去見他七妹。她想這其中必定是有些原因的，雖然她不願往那方面想，但終究還是忍不住。

陸長風看了看她的神色，安慰般笑了一下。「我可與妳提過我七妹的事情？」

喬小葉愣了一下，搖了搖頭。

陸長風淡淡一笑，轉身與她一同朝裡面走去，邊走邊低聲道：「其實我七妹與我並無血緣關係，如同妳與妳二姊一樣。」

喬小葉一時間沒有反應過來，只目瞪口呆地看著他，步子不自覺地停了下來。

陸長風轉身看到她的神色，也跟著停了下來。

「相公為何要告訴我這些？」

「我只是要告訴妳，妳二姊即使有別的身分，也還是妳二姊。」陸長風嘆了口氣。「更何況，總是要告訴妳的，妳是我娘子。」

喬小葉微微一怔，隨之明白了他的意思，心中瞬間湧出許多感動。

他既然肯對自己說了，也就是真正放下了。

感動之後，心中湧出更多的卻是欣喜，可是最後只是上前輕輕執了他的手，跟著他一起慢慢朝前走去……

「哈啾！」身在御書房裡的喬小刀狠狠地打了個噴嚏，皺著眉小聲嘀咕。「不知道誰在背後叨唸我……」抬頭一看，眼前黑著三張臉。

皇帝陛下沒想到自己龍顏在前，居然還有人這麼不給面子，這麼響亮的噴嚏，是想把他的御書房給掀了不成？

段衍之在一邊低咳了一聲，暗暗示意她注意點言行。

而另一人，站在皇帝御案之下，一身明黃，頭束金冠，微微撇過臉來，略含嘲諷地瞟了她一眼。

「雲雨，這便是你說的將軍府遺孤？」

段衍之對皇帝拱手稱是。

太子側過頭來，眼神憤恨。「雲雨怕是隨便找了個人來冒名頂替吧？真正的將軍府遺孤，本太子可是見過的。」

段衍之挑眉看他。「太子見過的……可是雲雨的娘子喬小扇？」

太子皺了皺眉，轉頭便看見皇帝探尋的目光投了過來，心中頓生惱恨。

他是打算在皇帝面前把他禁錮喬小扇的事情說出來嗎？若喬小扇真不是將軍府遺孤，那麼也就不是原定的太子妃人選，他便成了強搶臣妻的失德太子，儲君之位也會受到質疑吧？真是打的好算盤啊！

面對他的冷眼，段衍之只是嘲諷的一笑，垂手而立，當作什麼都沒看到。

太子是聰明人，接下來是要繼續說喬小扇的事情，還是繼續求證喬小刀的身世，該比他知道分寸。

……

出御書房時已經是日暮時分，段衍之正要帶著喬小刀離開，太子緊跟而至。

「本宮有事想請教一下世子。」

段衍之停下腳步，頭卻沒回。「太子殿下請說。」

「喬小扇現在何處？」

段衍之眸中一冷，聲音沈了下來。「在應在之處，不勞殿下費心。」

「喔？」太子幽幽一笑。「那……她身子可好？」

段衍之身形一動，轉過身來，顧及到喬小刀還在一邊，他並沒有流露太多情緒。「承蒙殿下關心，我家娘子身子很好。」他走近幾步，壓低聲音補充了一句。「相信終有一日，我會拿到解藥的。」

太子臉色微變，捏緊了手心，緊抿著唇看向他，段衍之已經帶著喬小刀大步離去。

「殿下……」

身後突然傳來一個太監蒼老的聲音，太子收斂了情緒，轉過頭去，只看到他眼神閃爍不止，似有難言之隱。

「怎麼了？」

「回、回殿下的話，陛下剛才吩咐……殿下這段時日請留在東宮，不可外出……」

「什麼？」太子愕然。「父皇的意思……莫非是要軟禁本宮不成？」

老太監慌忙躬身請罪。「殿下息怒！陛下得知您最近與首輔大人走得很近，擔心此次行動會走漏風聲，所以……」

太子一臉不可置信，他的父皇竟然不相信他?!

沈思了一瞬，他的眼神忽而凌厲起來。「是誰說我跟首輔大人走得近的？」他跟首輔之間合作的事情，皇帝其實並不知曉。

老太監支支吾吾的，不做回答。

太子卻很快便醒悟了過來，這段時間與皇帝經常見面的人還能有誰？他轉頭看向段衍之消失的方向，齒間冷冷地擠出三個字來。「段衍之……」

宮門之外，一行黑衣人恭敬地跪在段衍之面前，嚇得喬小刀差點沒厥過去。

好震撼的景象……

她當初搶了個什麼姊夫回去啊這是？

段衍之示意喬小刀先行上車，而後問其中一人道：「老侯爺和夫人等人可都接回侯府了？」

「公子放心，已然辦妥。」

段衍之點了點頭，登上了馬車。

喬小刀看他進入車中，忍不住縮了縮身子。

造孽啊，之前得知她搶的人是侯府世子的時候她就差點昏一次，現在看模樣，好像還是養著一群殺手的世子啊！唔，她要好好算算，以前有沒有做過冒犯他的事情。喔，不對，她現在是將軍府遺孤了，她也是個有身分的人了。對了，她還有大姊這個靠山……

「二妹。」

「啊？」喬小刀猛的被打斷思緒，忍不住驚呼出聲，把段衍之都嚇了一跳。

「二妹怎麼了？想什麼想得如此入神？」

喬小刀捂著心口，小心翼翼地道：「我在想……我在想大姊在做什麼。」

姊夫啊，你也想想大姊哈，多想想……

段衍之聞言笑了一下，神色柔和下來。「是啊，她此時在做什麼呢？」

喬小扇此時其實正在與老侯爺和段夫人詳細解釋這一切來龍去脈。

一行人全部回到了侯府，都聚在侯府的花廳內，聽著喬小扇將事情詳詳細細地說了一遍。

夕陽剛剛隱下，花廳中掌了燈。喬小扇因為身體疲倦，正坐在凳子上一手支著額頭，不過看上去不顯頹唐，反而有些慵懶愜意的感覺。

老侯爺跟喬小葉多少是知道點箇中緣由的，段夫人跟陸長風就吃驚了，他們都以為天水鎮這段強嫁不過是段無心之緣，誰曾想這當中竟然還有這樣的內情，中間更是牽扯進了朝堂之爭。

「孫媳婦兒啊……」老侯爺撚著鬍鬚，不解地看著她。「妳之前一直都藏得好好的，為何會突然把這些事情都告訴我們了？」

喬小扇輕輕咳了一聲，淡淡道：「瞞得過初一，瞞不過十五。事到如今，僅憑相公一人之力，實在困難。在場的都是一家人，即使幫不上忙，也該知道他現在在做什麼。」

老侯爺點了點頭。

陸長風沈默了許久，終於忍不住問出了心中的疑惑。「其實這件事情最讓人意料不到的便是小刀的身分，為何之前一點跡象也無？」

喬小葉也不住地點頭附和，她也奇怪許久了。

喬小扇笑了一下。「本來我這麼做的目的便是要沒有跡象，如此才算成功了。」

她與喬小葉便如同兩條線，一在明，一在暗。

所有人都以為她是將軍府遺孤，她不做解釋，無非是為了盡到保護喬小刀的責任，防止她被有心之人暗殺。

而喬小葉身上的那份證據則是後路。喬老爺子在那件衣裳上將一切事情都說得清清楚楚，包括密道入口、出口位置，加上其他刻有滕家標誌的物件，不可能作假。

退一萬步說，即使這證據沒有被交給皇帝，而是被心懷叵測者發現了這條暗線，頂多也只會猜測真正的將軍府遺孤是喬小葉，總之無論如何也不會牽扯到在天水鎮的喬小刀。

她早已下定了決心，即使賠上喬家所有人的性命，也要保住將軍府的血脈。這也是她爹臨終時再三交代的事情。

她計劃好了這一切，原本是不會這麼早就將一切都說明的，只是想到自己的身體一日日的虛弱，還是忍不住先說了出來。她實在不想段衍之一個人在外拚命，而家裡人都不知道他究竟在忙些什麼。

他已經一個人背負了太多，她不能幫他，至少還有家人。

廳外傳來一陣腳步聲，巴烏率先走了進來，而後喬小扇眼中映入了那道熟悉的身影。

衣袂窸窣作響間，他一路如同分花拂柳，淡雅從容地到了跟前，當著所有人的面便擁住了她，低聲笑道：「娘子好生愜意。」

喬小扇勾著唇瞇了瞇眼，下一刻，腦袋一歪，伏在桌上昏睡了過去。

第四十四章

燭影輕搖，房內一片安寧。

段衍之靜靜坐在床前，雙眼一動也不動地凝視著床上躺著的人。

喬小扇已經躺了一天一夜，到現在也沒有醒來。

之前所有人都知道喬小扇已然離世，如今乃多事之秋，段衍之也不想貿然公佈她已經回來，便隱瞞了消息。

這期間他請了許多名醫前來為她診斷，都只聲稱她是自己的遠房親戚。奈何從江湖郎中到皇宮御醫，所有人都說她性命無憂，只是嗜睡。

段衍之抬起手，像是怕驚擾了喬小扇的美夢一樣，輕柔地撫上她的臉頰，聲音裡滿是嘆息。

「娘子，難道要我一直這樣看著妳沈睡嗎？」

如此殘忍之事，妳於心何忍？

他微微閉眼，燭火映照下的眼窩泛著淡淡的青色，已經一天一夜沒有合眼了，竟絲毫不覺疲倦。

窗外響起隆隆的雷聲，接著有滴滴答答的雨聲敲打在窗櫺上，春雨來得快去得也快，但此時聽著外面一聲響過一聲的滾雷，段衍之只覺得心頭湧出一陣陣的浮躁，好像覺得它會永遠盤桓不去一般。

漸漸地，雨下大了起來，噼哩啪啦地拍擊在窗沿上，濺起的水漬在燭火的倒影下於窗紙上跳躍不斷。

驀地，那陣雨中似乎傳來了一絲額外的聲音。段衍之耳廓一動，轉頭冷眼掃向門邊，下一刻，身形疾動，躍出了門去。

守在外面的巴烏見他出現，發出驚訝的呼聲，隨之便趕緊跟著他跑遠。

室中仍舊安寧，喬小扇神情平和地躺在床上，彷彿一幅精緻的絹畫。

又一陣滾雷響過，窗沿邊點點跳躍的雨水影像忽而被打破，窗戶被人從外拉開，一人站在窗邊微微探頭進來，向室內掃視了一圈。看到床上的喬小扇，他微微一頓，接著便看著窗口猶豫起來，過了一會兒，他一手提起衣襬，一手撐著窗臺翻窗而入。

不過他翻窗的動作著實不雅，如同剛會走路的孩子要去爬樹一般，衣襬被勾在窗沿邊角不說，甚至還差點摔了個跟頭。

喬小扇於安寧的睡夢中被唇邊的絲絲濕意喚醒，口中繚繞著一陣苦澀的藥味，她皺了皺眉，湊著唇邊的杯口大口地喝了幾口茶水，方才壓下那陣苦澀，幽幽地睜開了眼。

微微的模糊之後，頭頂上方的人影清晰起來。男子墨黑的髮絲被雨淋濕，額前幾縷貼在眼角位置，看上去有些狼狽，然而眼神卻很清亮，見她醒來，眼中擔憂退去，笑了一下。

「妳醒了？」

喬小扇輕輕皺眉，隨之便撐著身子想要起身行禮。「參見……」

「不用。」

喬小扇的肩頭被他按住，又緩緩躺了回去，神情卻不見輕鬆。「殿下為何會出現在這裡？」

高高在上的太子殿下，此時竟然一身雨水地坐在她的身邊，這情形委實奇怪。

太子只是笑，眼神卻從她臉上移開了。「妳忘了妳該吃藥了嗎？」

喬小扇苦笑了一下。「難為殿下還記得。」

「本宮自然記得。」太子重將視線移回她身上，似有些歉疚。「苦了妳了，妳該知道我不想如此對妳。」頓了頓，他又道：「不過倘若妳願意跟我回去——」

「殿下……」喬小扇出言打斷話音，下面的話卻被一陣低咳止住。

她曾想過自己會被太子以各種各樣的方式劫回去，卻沒想到再見竟是這樣的方式。誰也無法想到堂堂東宮太子會在此時出現在侯府，更不會想到他會用這種委曲求全的語氣請她跟他回去。

「殿下，您千萬不要跟臣妾說你是動了真心了。」喬小扇止住咳嗽，抬眼看向他。

太子卻因她的自稱而怔了怔。

不是之前的「民女」，而是「臣妾」。

以前還只是身分的隔閡，現在更是隔了一個段衍之。

他捏了捏拳，沈聲道：「本宮便是真心了，妳如何說？」

喬小扇微微垂眼，眼睫輕顫，半晌，嘴角輕勾，淡淡吐出一個詞來。「荒謬。」

太子怔愣。

「多謝殿下賜藥，時候不早了，殿下請回吧。」

太子臉色微白，似不敢置信。「本宮不顧皇命冒雨前來，引開雲雨，只為給妳送藥，見妳一面，妳卻不相信本宮對妳的情意？」

喬小扇沈默不語。

靜候許久，得不到回音，太子猛地甩袖起身就要走，然而剛走幾步又停了下來，背對著喬小扇道：「妳……可曾有半點對我動心過？」

「不曾。」根本沒有半點遲疑，喬小扇抬眼看向那道背影。「殿下想要的太多，也太過執著，更何況，殿下這種方式的真心，著實算不上真心。」

太子肩頭起伏，似在壓抑心中悲憤。屋中氣氛靜默，只可聞微微不平的喘息聲。

「殿下，該走了。」

良久，窗外傳來低低的聲音，喬小扇聽見有些熟悉，側頭看去，只見到窗外那柄熟悉的金黃彎刀，嘴角勾起嘲弄的笑意。

就算你是真心又如何？道不同不相為謀，你我終究會是陌路。

眼見著太子離去，喬小扇始終沒有開口問他要解藥。

沒多久，門被推開，段衍之走了進來。

喬小扇看向他時，發現他臉上一片平靜，根本沒有半點驚喜之色，心中瞭然。

「相公知道今晚太子會來？」

段衍之走到她身邊坐下，握了她的手，眼中漸漸浮現出了安心之色，點頭道：「我在外與金刀客交手沒多久便猜到了其中意圖，沒想到他會以這種方式前來。」他停下，嘆了口氣，復又道：「其實我希望太子送來的是解藥。」

喬小扇反握住他的手，輕輕一笑。「有勞相公費心了。」

這一句並非空話，太子能來，其中多少有段衍之刻意為之的原因。

太子給喬小扇的藥需一段時日服一劑藥來維持其清醒，但此藥並非解藥。

他如今被軟禁在東宮，雖然推算出喬小扇藥性發作的日子將至，但因希望她能回到身邊，是以並未有所動作。反正宮中也有御醫被請去了定安侯府，要想探聽消息很容易，所以太子殿下很快便得知喬小扇一天一夜還未醒來的消息。

他也不知道為何今晚會來這裡，也許是被太子妃刻意掩飾的探索眼神給激怒了，也許是恰好遇上了來替胡寬傳話的金刀客，也許是一時善心大發。

總之，他突然很想見喬小扇。

其實太子在來的路上想了許多要問的問題，譬如喬小刀為何會成為將軍府遺孤？譬如她是如何逃出了東宮？又譬如她是否願意跟自己回去？

然而到了這裡，他只問出了最後一個問題，卻還被狠狠地拒絕了。

身為高高在上的太子，從未有過這樣的經歷，軟言溫語換來的是從高空重重的摔落。

回到東宮時已是深夜，雷雨已停，燭火未滅。亮堂堂的光線透出，照著的卻是他孤寂的身影。

太子自嘲的一笑，仰頭看向宮殿飛揚的簷角，黑黢黢的夜色中恍若隨時可以騰空而去的長龍，攝人心魄卻寂寥如斯，恍如已這般過了萬年。

一如他自己。

金刀客今日來傳話，請他為胡寬謀取兩江督造制鹽的肥差，他冷笑，到了如今這般地位竟還不知足，難怪連他父皇也忍不住要動手了。

別以為他什麼都不知道，雖然與他合作了，胡寬暗地裡接近其他幾位皇子的事情，他都清清楚楚。

他要這天下，要這無上權勢，要喬小扇，最後卻每一樣都戰戰兢兢、如履薄冰，且還不一定能得到。

也許今夜是想去尋找一些安慰吧。原先還以為即使再淡然，她也該顧及自己的身體，說不定會向自己妥協，不想還是遍體鱗傷的回來了。

殿門打開，太子妃娉婷的身影在門邊，逆著光，如同一個剪影。「殿下回來了？」語氣裡三分關懷，七分嘲弄。

太子斜睨了她一眼，心中一瞬間千迴百轉，接著忽而笑出聲來。「今日方知，只有愛妃這般的人物才與本宮相配。」

他倒是嚮往喬小扇那般不同尋常的女子，但她如同閒雲野鶴，只求隱於世間，安穩度日。而眼前之人卻不同，她是富貴園中精心栽培而成的嬌貴牡丹，孤芳自賞、不可一世，並且如他一般寂寞而又嚮往權勢。

果真般配。

太子妃聞言有瞬間的怔忡，接著便朝他端莊地行了一禮，而後側了側身，對他道：「既然如此，殿下請進來休息吧。」這次語氣中不再有嘲弄之意，話中卻是暗含深意，甚至她看向他的眼神也帶了一絲期待。

太子卻只是睇了睇眼，便轉身離去。

既然知道胡寬不安分，他的父皇又正積極籌備要除去胡寬，他如何能與她一起安歇？東宮子嗣的血脈，無論如何也不能摻入胡家的成分。

「愛妃早些休息吧。與本宮一樣的人，便要與本宮一樣承受這業火的煎熬……」語音隨著他遠去的步伐漸漸消隱，只餘雨後清涼的濕意在風中肆意擴散。

第四十五章

喬小扇甦醒之後，整個侯府都重新煥發了生氣。只除了一人，那人便是喬小刀，而她所愁的無非是現今身為將軍府遺孤的事實。

身分這種東西對喬小刀這種粗線條的人來說沒什麼概念，但那一段悲慘往事和壓在身上的仇恨卻讓她不得不正視這件事情。

一門三將的大將軍府，幾百條人命，慘絕人寰的殺戮，她身為唯一的存活者與後嗣，雖然表面一切照舊，心中卻終究覺得不安甚至惶恐。

她該如何背負？

喬小刀趴在涼亭的欄杆上幽幽嘆息。

「一大早的就不見人影，原來是躲這兒來了！」

喬小葉的聲音大剌剌地從後面傳來，隨之她的頭頂罩上一層陰影。

可能是見她神情有異，喬小葉有些奇怪。「怎麼了？大姊都醒了，妳怎麼反倒蔫了？」

喬小刀挑眼看了看她，隨即又耷拉下了眼簾。「我這不叫蔫了，叫憂鬱。」

喬小葉的嘴角抽了一下，挨著她坐了下來。「怎麼回事兒？說說看吧。」

「嗯？什麼怎麼回事兒？」喬小刀莫名其妙地看著她。
「就是妳為何一直這般萎靡的原因啊！」
喬小刀撇撇嘴，又耷拉著眼皮趴了回去，望著下方的一池湖水發呆。
「真是沒勁！」喬小葉故意抱怨了一句，起身就走，誰知腳都邁出亭子了，喬小刀也沒有要接話的意思。
真奇怪，照理說她該立即出言反駁或者急著解釋才是啊！喬小葉收回腳轉身，抱著胳膊，若有所思地看向她的背影。可能是受她剛才話語的影響，此時看她，倒真有點兒憂鬱的意味在裡面了。
「哎，到底怎麼回事兒啊？妳突然這麼婆媽，也太嚇人了。」停頓了好一會兒，喬小葉終究還是走回了她身邊。
喬小刀總算坐直了身子看向她，張了張嘴，囁嚅道：「三妹，我身上背負著這樣的仇恨，妳說……我要不要報仇？」
「當然了！」喬小葉理所應當地回答了一句，接著臉上便露出了鄙夷之色。「虧妳還一直聲稱要行俠仗義行走江湖呢，自己家人的大仇都不報，算什麼俠女？」
喬小刀神情一震，眼中燃起熾熱的小火苗，對她重重地點了點頭。「一語驚醒夢中人吶！沒錯，我要報仇！」

喬小葉被她的神情嚇了一跳。「這麼認真幹麼？妳還真打算去報仇啊？」

「唉，我隨口一說而已。」喬小刀又蔫了。

「嗤！」喬小葉而上鄙夷，看向她的眼神卻又漸漸溫和起來。「二姊，我們永遠都是一家人，妳不用一直想著過去的。」

喬小刀愣了一下，抬眼看去，對上她溫暖的視線，輕輕頷首。「我知道了。」

……

臥房前的小庭院中，喬小扇坐著在曬太陽。

身側一叢不知名的小花開得燦爛，絢麗的紅色對比著她蒼白的臉頰，便將她襯得越發頹唐。已至春日，她身上還穿著裘衣，甚至連腿上都還搭著一塊毛毯。

最近一段時日她瘦得厲害，臉頰都凹進去了。唯一不變的是眼神，如同在天水鎮時一樣，冷漠淡然，然而不經意間又會流露出一些曾經難以窺見的情緒。

大概是類似牽掛之類的東西……

段衍之負手在書房窗邊，望著坐在院中的喬小扇，眉頭始終皺著。

「公子，人到了。」

巴烏躬身而入，他的身後跟著一個一身黑衣的男子，寬肩高個兒，梳著蒙古髮式，見段衍之轉身，對他躬身行了一禮。

「宗主，已經查到那人所在，此時他就在城中暮楚館中。遵照宗主指示，我們並未有所動作。」

段衍之聞言神情一震，點了點頭。「好，我知道了，那便按照計劃行事。」說完不等回答便拉開門走了出去。

聽見響動，喬小扇轉頭看去，就見段衍之走了出來且神情嚴肅，忍不住擔憂地喚了他一聲。「相公，你這是要去哪兒？」

段衍之停下步子抬眼朝她看來，想了想，走到了她身邊，俯身對她道：「娘子，我帶妳出去走走吧？」

喬小扇微微一愣，似乎沒有想到他會突然這麼說。這段時間他一直忙於查找胡寬的罪證為將軍府翻案，怎麼還有心思帶自己出去？

段衍之看出她神情間的疑惑，眉眼間染上笑意，一把攔腰抱起她就朝外走去。

京城繁華，但喬小扇除了除夕之夜與段衍之一起逛過一次之外，一直沒有機會再出來。坐在馬車裡的時候，便忍不住掀了窗格上的布簾去看外面的景象。夕陽剛剛隱去，街道兩邊的商鋪都掌上了燈籠，明亮的燭火照著往來不斷的人群，各色春衫從眼前劃過，熱鬧非凡。

「娘子若是喜歡，以後我會經常帶妳出來的。」段衍之笑咪咪地湊到她跟前，也就這時候他才褪去了這些日子以來始終縈繞在周身的嚴肅。

喬小扇看了看他，搖了搖頭。「還是不用了，我更喜歡天水鎮，清靜些。」

段衍之毫不在意地握了她的手，笑著點頭道：「那我們到時便回天水鎮去，要嘛就像尹大公子與他夫人那般去將全天下都遊覽一遍，如何？」

喬小扇嘴角帶笑，視線卻移開了去。「好。」

說話間馬車停了下來，巴烏在簾外用帶著哭腔的聲音道：「公子、少夫人，到暮楚館了。」

段衍之扶著喬小扇下車之際，瞟了他一眼，看到他微紅的眼眶，好笑地搖了搖頭。

巴烏抽了抽鼻子，看著進入暮楚館大門的兩人，默默靠著馬車畫圈圈。公子真是的，沒事上演什麼感天動地告白戲啊，害他感情豐富的心靈一下子便承受不住了。

雖然剛才兩人在馬車中只是隻言片語，但對未來美好生活的追求，真是無奈中透著悲情，悲情中透著希望，總之就是……好感人吶！

唔……

暮楚館是妓院，但在京城並不算是最大、最有排場的。本來來此處的都是尋花問柳的男子，然而喬小扇直接被段衍之抱出了府門登上了馬車，根本沒有時間裝扮，直接就出來了，因此一踏入大廳便將眾人的視線都給吸引了過來，想必是沒想到這年頭會有女子上妓院。

暮楚館的老鴇一見，趕緊迎了上來。「哎喲，客官——」

「二樓西邊第三間雅間可有客人？」段衍之沒等她說完便直接打斷了她的諂媚。「我們要去那間。」

「呃……」老鴇面露難色，訕訕笑道：「客官真是好品味，不過那雅間不巧已經被別的客人包了，真是不好意思。要不第四間吧？那間還空著，視角也是極好的。」

暮楚館每晚會有美人獻藝，高臺設在一樓，二樓的雅間是絕佳的觀賞之所。

段衍之聽到老鴇這麼說也不介意，點了點頭便扶著喬小扇朝樓上走去。

經過第三間雅間時，他卻忽然頓了頓步子，掃了一眼緊閉的屋門，這才與喬小扇一起走入隔壁雅間。

「相公今日就是為了帶我來此地尋歡作樂的？」兩人坐下之後，喬小扇低聲笑著問段衍之。

「何止，不僅尋歡作樂，我還要讓娘子心中大為痛快，如何？」段衍之笑容燦爛地回答。

「喔？那我便拭目以待了。」

喬小扇話音落下沒多久，隔壁突然傳來一陣杯盤碎裂的聲音，隨即一道略帶粗啞的嗓音吼道：「笨手笨腳的！什麼都做不好，想死不成？」

接下來的話喬小扇沒有聽清楚，因為她已經徹底驚住，剛才這個聲音……竟然是他?!

那個害她爹背負罪孽的走狗、那個差點在她手上斃命的奸人，此時就在她隔壁的雅間內！

第四十六章

隨著這道聲音落下，喬小扇腦海中瞬間浮現出許多場景。

此人名為方立，與她爹曾有八拜之交，如今回想起來，她也就只有嘆息一聲她爹識人不明。

當初來到京城辛辛苦苦找到此人的過程已然模糊，唯一清晰的是當日她行刺時的畫面，原本即將得手，他的身邊卻有高手護佑，還未到跟前便能感到那人雷霆萬鈞的氣勢。

回想起這點，她皺著眉對段衍之道：「相公莫要心急行動，此人身邊有高人保護。」

段衍之點了點頭，神情很認真。「娘子放心，我心中有數。」

說話間，隔壁雅間內已然回復了平靜，樓下反而嘈雜起來。

喬小扇推開窗探出頭去，大廳內的高臺上已然有幾名衣著半露的女子登臺準備獻藝，難怪下面的客人會這般激動。

正看著，隔壁窗戶也推了開來，而後一道聲音微帶疑惑的傳了過來——

「咦？妳……」

喬小扇偏頭，就見隔壁窗邊探出一個中年人的腦袋，鬢角已經微白，眼神卻犀利得很，正轉動著眼珠看著她，神情帶著探尋之意。

喬小扇自然知道他在疑惑什麼，畢竟曾有過一面之緣呢。她淡淡地掃了對方一眼，收回視線，坐直了身子。

段衍之對她笑了一下，似乎對她差點被認出來一點也不擔心，而後自己也探出了頭去，甚至還大大方方地與那人打起了招呼。「喲，這不是方大人嘛！」

對方一愣，接著便揚起了笑容。「哎喲，原來是世子啊！今兒是什麼風把您給吹來了？」

「哈哈，不過是一時興起罷了，在這兒遇上您才是巧啊！」

方立跟著他打哈哈，客套了一番之後忽然道：「對了，您雅間裡那位姑娘不錯啊，相貌真是俊，好像是新來的吧？小心被世子妃知曉咯，哈哈……」

京中誰都知道定安侯世子的脾氣軟得跟女子一樣，想必開個玩笑不會怎樣，說不定還能拉近點距離、套點兒關係，所以方立此時努力地在老臉上堆滿調侃又不失誠意的笑容。

段衍之轉頭看了一眼面色不善的喬小扇，扭頭對他笑了笑。「方大人說笑了，想必大人很久沒有回京了吧？」

方立有些吃驚地道：「世子真是消息靈通，竟連這個都知曉！」

「不是我消息靈通，而是方大人您的消息太不靈通了。滿朝皆知我家娘子前段時間過世的消息，您竟不知，自然是長久不在京城了。」

喬小扇之前假死，因段衍之一身縞素前去參加太子大婚慶典而鬧得滿朝風雨的確是事實，後來她被救出來後，段家也沒有對外宣佈，如今只有少數幾人知曉內情，導致至今許多人還在奇怪侯府為何一直不辦喪事。

方立怎麼也沒想到會有這樣的事，臉色一僵，尷尬地看著他。「這個……世子恕罪，下官不知此事，多有冒犯……」話雖說得好聽，心中卻忍不住暗罵：好個沒良心的，剛死了娘子就出來尋歡作樂，果然是紈袴子弟！

「無妨。」段衍之擺了擺手。「方大人若不嫌棄，不妨過來一起坐坐吧。」

方立見他不僅沒生氣，還邀請自己過去，終於鬆了口氣，笑著道：「那便多謝世子了，下官卻之不恭。」

段衍之淡笑著點頭，一坐下便對上喬小扇皺著眉、微帶怒意的臉。

「呃，娘子放心，我已經準備好了。」他壓低聲音解釋了一句，就見門邊傳來了兩聲敲門聲，而後方立自己推門走了進來。

「世子有禮了，承蒙招待，下官感激不盡。」他一路走到跟前，拱手對段衍之行了一禮之後，眼神落在喬小扇身上掃視了一圈。

「方大人不必多禮，請坐吧。」段衍之適時的出聲，阻止了他繼續探尋的目光。

門外有小廝進來送茶點，喬小扇微微抬頭，從虛掩著的門縫間看去，依稀可見門口立著一道身影，忍不住有些擔心。

她倒是見過段衍之出手，但那人的武藝深不可測，若是動起手來，自己是個累贅，興許段衍之占不了上風。

不過這也只是最不好的推測，姓方的不一定會認出她來，認出來也不一定會動手，除非段衍之自己想動手。

一念至此，喬小扇一怔，突然想起他之前的話來。他說今日帶她來不僅是要尋歡作樂，還要讓她心中大為痛快，莫非真的是想主動出手？

像是感到她的不安，段衍之轉頭看了她一眼，輕輕一笑，便又將視線移到了方立的身上。

「對了，不知方大人這段時日離京是去辦什麼要事？」

「這個……」方立訕訕地笑了起來，眼神微微閃爍，似在思索著該如何回答。

段衍之也不著急，親手為他沏了杯茶後，笑著道：「聽聞前段時間江湖各大門派都有人造訪過，莫非那人就是方大人您？」

一直在一邊安靜坐著的喬小扇聞言，詫異地抬頭看去，就見方立面露倉皇之色，隨即又趕緊收斂起來，沈聲回道：「世子多心了，沒有的事。」

「喔？那……難道是首輔大人隨口亂說的不成？」

「什麼？」方立驚愕。「是首輔大人告訴您的？」

段衍之點頭。「不然我如何得知你身邊的那位高手是出自高手如雲的武當呢？」

方立再次驚愕了。

喬小扇其實並不太明白段衍之這番話的用意，其中的內容對她來說也有些天馬行空，但段衍之會將胡寬搬出來便是明顯的在套話，肯定是與尋找證據有關。

果然，這幾句話說完，方立便鬆了些口。「原來是自己人，既然世子問了，那下官也不隱瞞，其實下官正是奉首輔大人之命去各門派跑腿的。」

果然是隻老狐狸，說了半天也沒說到重點。段衍之心中冷笑，面上卻仍舊和善。「與首輔大人說的一樣，方大人辛苦了。」

方立哈哈笑了兩聲，臉上神色放鬆下來，端著茶水飲了一口。

「不過，我還有個問題要請教方大人。」

「嗯？世子請講。」方大人放下手中茶杯，對他做了個請的手勢。

段衍之湊近他，詭異地笑了一下。「我要問的是，首輔大人當初為謀害將軍府請的那些殺手的名冊現在何處？」

話音一落，不僅方立，連喬小扇都愣住了。

段衍之這段時間並不是一無所獲，實際上他查到了許多，只是沒有拿到實物，如今找到方立這關鍵的一環，便好辦多了。

不過方立也不是善與之輩，這麼多年摸爬滾打下來，將軍府的事情是他心頭的一根刺，他本人對此一向諱莫如深，胡寬更是。所以此刻聽聞這樣的話，他無論如何也不會相信這會是胡寬跟段衍之說的，換句話說，段衍之根本就不是什麼「自己人」！

桌上的茶杯猛地被掀落在地，發出清脆的響聲，下一刻，門被一掌拍開，守在門邊的那道人影迅速地衝了進來。

於此同時，方立人已經站起，朝門口退去。

這是他們約定的信號，只要有一點風吹草動，這位保鏢便會現身。

然而門一打開，方立卻發現根本插翅難逃！門口站著一排黑衣人，樓下原先喧鬧的聲響早已停歇，周遭氣氛安靜得詭異。

段衍之輕巧地抬手接住保鏢襲來的一招，笑得極其嘲諷。「堂堂武當大派，竟然充作朝廷鷹犬，真是可悲。」

那人長著一張世外高人的臉，卻禁不起諷刺，臉色一變，怒氣騰騰地加快了攻勢。武當武藝其實以慢見長，講究以靜制動，四兩撥千斤，不過他這麼快速的招數卻是另一番效果，除迅捷之外，更見力道。

段衍之側身擋在喬小扇身前，身形幾乎沒有動過，卻穩穩地接住了他從四面八方攻來的招式。

方立被門口的黑衣人制住，見狀焦急無比，乾脆對那人喊道：「去抓住那個女子！」

段衍之聞言眼神一冷，不再拖延，左臂格開那人襲來的一掌，右手迅疾如風地掠去，在他耳下三寸處的頸側一點，而後化掌為拳擊在他胸口。

待他退開一步，那人已經吐出一口鮮血，半跪在地上。

「你……你是青雲派宗主！」

當初段衍之以一己之力力戰中原群雄時，武當亦在其中，今日會被認出來倒也不算奇怪。

段衍之卻什麼表示也沒有，彷彿根本沒有聽見他的話，只是轉頭柔聲問喬小扇。「當初他是如何傷了娘子的？」

喬小扇想了一下，搖頭道：「渾身是傷，我記不得了。」

段衍之點了點頭，神情仍舊溫和，不過一轉頭便變了。「渾身是傷的話，那就以其人之道還治其人之身吧。」

相比較剛才的那句話，這句話實在說得陰森恐怖，那人瑟縮了一下身子，在段衍之接近時慌忙喊道：「等等！我可以告訴你胡大人為何要去拉攏江湖各派！」

「你！混帳東西！」方立氣得在一邊破口大罵。

段衍之冷笑著掃了他一眼。「方大人這般氣憤做什麼？當初您自己不也做過背叛之事嗎？」

方立臉上一陣青白交替，咬著牙狠狠地道：「段衍之，算我栽了，竟然不知道你之前都是偽裝的！你究竟是為何人賣命？」

段衍之根本理也不理他，垂頭看著半跪在地上捂著胸口喘氣的人道：「說吧。」

「首輔大人知曉近期會有人去找他索命，所以他親自延請各派高手前往胡府護其周全，不過據說要保護的還有一些不可為人所見的東西。」

段衍之瞇了瞇眼，嘴角露出笑意。「不錯，是個識時務的人。那麼，找他索命的人是誰？各大門派可答應了他的請求？」

那人又喘了口氣，忽然抬眼看了看他，猶豫道：「那人便是宗主您。各大門派已然答應，只因他手中有名冊……實際上當初將軍府一案牽扯進了許多江湖門派。」

段衍之皺了皺眉，將軍府那件慘案的殺手武功高強，會出自江湖各大門派並不奇怪，他奇怪的是，胡寬為什麼會認為他會去向他索命？是他自己這麼認為，還是有人給他透露了這個訊息？

如果是有人透露，又會是誰？

方立見段衍之暗暗糾結，心中大快。「哼，奉勸你還是不要妄加揣測了，首輔大人權勢滔天，又有貴人相助，再加上各大江湖門派，豈是你這樣的蚍蜉可以撼得動的？」

話剛說完，小腿一陣鈍痛，他人已經向前單膝跪倒在地，背後有人怒氣沖沖地道：「你敢再在公子面前無禮，就先把你這個無義小人的舌頭給割了！」

方立臉色白了一下，總算閉上了嘴。

「有貴人相助？」段衍之喃喃品味著他剛才的話，忽而眼中一亮，冷哼了一聲。「原來如此，好個一箭雙雕之計。」

他俯身一把提起保鑣的衣領。「你剛才說的話都屬實？」

保鑣連連點頭。「句句屬實，還望宗主饒命。」

段衍之鬆了手，眼中墨雲翻騰，心中瞬間將事情理了一遍後，轉頭對喬小扇道：「娘子放心，我想我應該很快便能為妳拿到解藥了。」

黑白棋子交錯的棋盤上，修長手指撚著一枚棋子在遲疑著，久久不知該放在何處。暖春的陽光自亭外投入，灑在局勢緊張的棋盤上，下棋的兩人俱是一臉沈吟，默然不語。

「如何？雲雨，你久未思索出對策，是否要棄子認輸了？」

段衍之抬頭，金冠下整齊束著墨黑的髮絲，身上是出入朝堂才會穿著的玄色禮服，清亮的眸子帶著一絲笑意，終究是扔了手中的棋子，搖頭道：「罷了，那便認輸吧，殿下棋藝精湛，雲雨甘拜下風。」

太子不置可否地笑了一下，親自動手收拾殘局，似不經意般問道：「今日怎會有空前來陪本宮下棋？」

仔細想想，兩人上一次下棋似乎是段衍之身為太子侍讀時候的事情了，原來一晃間已經過去這麼久了。

「殿下認為雲雨前來會有何事?」

太子手下一頓,原先帶著和煦笑容的臉色變得冰冷。「為了喬小扇的解藥?」

「殿下英明。」

太子冷笑。「你以為陪本宮下盤棋、示個好,就可以拿到解藥了?」

「自然不是。」段衍之端正了坐姿,臉上卻仍舊帶著淡淡笑容。「殿下是不會做無回報之事的,這點雲雨相當清楚,所以今日我來,是為了跟殿下做個交易。」

「喔?」太子果然來了興趣。「什麼交易?」

段衍之微微探身湊近,緊盯著他的眼睛,壓低聲音道:「我幫你除去胡寬,算不算?」

太子眼神一閃,忽而笑出聲來。「笑話!段衍之,你莫非忘了我現今的位置了嗎?」

「殿下現今的位置便是東宮,不在胡府,亦不在定安侯府。」段衍之言語淡淡。「只因殿下兩方都不信任,並且這兩方都不信任您。」

太子的眼神忽而犀利起來,如刀劍出鞘般掃向他。

段衍之不以為意,繼續道:「殿下告訴胡寬我會對他不利,造成他恐慌,慌忙拉攏江湖門派與我對抗,鷸蚌相爭,殿下屆時便可坐收漁翁之利,卻不知也許最後得利的反而是胡寬。」

太子挑眉。「為何?」

段衍之好笑地看著他。「殿下認為胡寬是這般簡單的人嗎?連我都看明白的事情,他那隻老狐狸豈會不知？若非我今日洞悉一切，那麼我便不是坐在此處與您下棋，而是……」他伸手取過一顆棋子，手指輕撚，化為齏粉。

太子冷冷地注視著他，臉色漸漸難看。

段衍之起身，一掀衣襬，單膝著地。「殿下，為表誠意，我願再加一條件。」

「什麼條件？」

段衍之抬眼看他，眼神堅定。「我段衍之願放棄繼承定安侯之爵位，待胡寬一除，便歸隱鄉間，永世不入朝堂。」

太子的神情終於有了變化。「此話當真？」

「千真萬確。」

太子細細地看著段衍之的神情，他這話說來竟不像是丟棄了世襲幾代的爵位，卻像是丟掉了什麼麻煩的包袱，不見失望，反而有些輕鬆的意味。果然是與喬小扇一樣的人，與他便是兩個世界了。

他忍住胸口的憋悶，點了點頭。「好，我等著你拿證據來換。」

第四十七章

胡府如今已是一派戒嚴的模樣。

胡寬坐在書房中，緊盯著對面桌上的一遝冊子。燭火在他面前輕搖，映照出他焦慮的臉色。方立的突然失蹤讓他起了疑心，今早一起身便銷毀了不少以前記錄的冊子，只留了面前這幾份足以保命的。

有人在外輕輕敲著房門，將他的思緒拉了回來。「老爺，人到了。」

胡寬眼神忽而一亮，整個人彷彿從枯死的狀態復甦了過來，連忙起身去開門，走到一半才想起要把桌上的東西都收好。

打開門，院中站著十幾個人，幾乎個個都是虎背熊腰，目露精光。為首一人站在中央，卻是個和尚，披著一件精緻的袈裟，身形如松，面目清朗，模樣不過剛屆中年，渾身氣勢卻如同風平浪靜的汪洋，彷彿任何事物都激不起他周身一絲波瀾。

「各位英雄好漢終於到了，老夫榮幸之至。」胡寬對眾人抱了抱拳，先前憂慮的神色一掃而空。

然而一行人卻都不怎麼給他面子，好半天過去才有一個年輕人朝他拱了拱手，不過說出來的話也不怎麼客氣——

「首輔大人真是好記性，那麼多年的事咯，還知道翻出來算舊帳呢，我們想不來都不成啊！」

胡寬上下打量了他幾眼，掃到他腰間的玉珮才算認出人來。「原來是四川唐門的公子，令尊一切可好？」

那年輕人挑眼看了看他，敷衍地點了點頭。「好。」

胡寬忍住怒氣，轉眼看向那個和尚，雙手合十朝他行了一禮。「智一大師能紆尊前來，實乃寒舍之萬幸。」

被稱為智一的和尚終於掀了一下始終垂著的眼皮子，語氣淡淡地道：「貧僧只是礙於本門曾經犯下的過錯，前來做個了斷罷了。」

胡寬一聽他將當初那件事說成過錯，臉色立即就難看了。

當初說好的條件他已然兌現，這些年若不是他在背後撐腰，這些門派能如此壯大？笑話！明明就是一群貪圖名利之輩，此時又來裝清高了！若不是當年他們沒能斬草除根，何至於惹來如今這般棘手的麻煩！

胡寬咳了兩聲，緩解了些胸中的怒火後，看著面前的一行人，勉強笑道：「其實本不該如此大費周章地請來諸位，實在是因為此次的強敵太難對付。」

「大人在信中說他乃是青雲派宗主，可有憑證？」

智一大師的話音剛落，唐門的那位年輕公子便接話道：「沒錯，大人可莫要認錯了人，青雲公子從不輕易現身，更與當初那件事毫無瓜葛，他怎會出現？這些年來，江湖上可有不少人冒充他，您可千萬別上當咯！」

胡寬笑了笑。「多謝唐公子提醒，不過這消息乃是太子親口告知胡某的，豈會有假？」

眾人聞言都愣了愣，繼而便默然不語。

許久過去，唐公子突然湊到智一面前低聲道：「大師，以青雲公子的實力，你可有勝算？」

智一垂著雙眼，輕撚佛珠，淡淡道：「兩年前便不敵於他。」

唐公子的臉色變了變。

胡寬也懵了。智一大師乃是少林中一等一的高手，雖然如今的少林比起以往各朝早已沒落，但瘦死的駱駝比馬大，高手終究是高手，這一行十幾人中也就數他的武功修為最高，卻沒想到他如今會說出這樣的話來。

那唐公子沒有與青雲公子交過手，見眾人都一副垂頭喪氣的頹唐樣，年輕人的血氣勁兒便衝上了腦門，想也不想便嚷道：「那又如何？有我唐門的毒藥，還怕了他不成？」

智一又掀了一下眼皮子，撚著佛珠呼了聲佛號。「阿彌陀佛，只怕就因為這句話，你便要送了性命。」

唐公子聞言怒了。「大師怎的一直長他人志氣，滅自己威風？」

「非也，只因青雲公子的父親當初便是死在唐門的毒藥之下，想想兩年前的慘狀……」智一搖了搖頭，京郊驛站的經歷如同夢魘般在腦海裡揮之不去。

他抬了抬手腕，露出腕間一道幾寸長的疤痕，似乎是被劍所傷，傷口極細卻很深，如今雖已長好，仍能窺見當初的慘烈。

唐公子眼神閃了閃，悶聲咳了一聲，強梗著脖子道：「那又如何？我們人多勢眾，還怕他一人？」

智一大師抬眼看了看他，呼了聲「阿彌陀佛」，垂目不再言語。

院落之外，幾道黑影快速地朝定安侯府掠去。

時至深夜，喬小扇還沒睡。這些天以來，她反倒沒有先前那種動不動就犯睏的習慣了，精神都還算不錯。

此時段衍之出去了，還未回來，她一個人睡不著，便點著燈在房內等他。

迷迷糊糊、快要睡著之際，忽然聽見有人輕輕地敲了敲門，她以為是段衍之回來了，趕忙跑去開門，卻發現是個一身隱在黑衣之下的人。

這些人她見過一、兩次，是青雲派的人。

「少夫人。」那人見是她來開門，眼神一閃，拱手行了一禮便要離去。

「等等，你可是來找公子的？」

那人停下腳步，轉頭恭敬地點了一下頭。

「有什麼事情嗎？」

「呃……」對方有些為難地看著她。「少夫人還是好好休息吧，公子囑咐過，這些雜事不要來打擾少夫人您。」一邊說著，一邊加快了腳步想要離開。

喬小扇見他神情閃爍，心中閃過不安，當即眼疾手快地出手，一下子扣住他的肩頭，扯住他的身子。「有什麼話要如此遮遮掩掩？與我說也是一樣的。」

她身上藥力未除，很快便覺得力不從心了，扣著那人肩頭的手也沒了力氣，不過那人卻不敢掙脫，只是恭謹地垂著頭，一言不發。

「不說嗎？」喬小扇的聲音沈了下來。「莫非是有什麼不好的事情要發生？」

「沒有，少夫人不要誤會。」

喬小扇低咳了一聲，道：「蒙古族人最為重信，一向很少說謊話，相信你也不會欺騙我吧？」

那人臉上露出愧色。「少夫人，您……還是別問了吧。」

喬小扇見他始終不鬆口，只好鬆開手放低了姿態。「我知道你為難，可公子不僅是你們的宗主，也是我的丈夫，作為妻子，我只想知道他現在是否有危險。」

「這……」對方遲疑了。眼前的喬小扇蒼白著臉，眼神裡滿是真誠，他實在不好意思拒絕她的要求，不過公子交代過不許在少夫人面前透露半點消息的啊！

「你放心，你只要告訴我大概就行，我絕不會告訴他是你說的。」其實喬小扇連他的名字都不知道，想說也沒可能啊。

那人這才下定了決心，支支吾吾地道：「首輔請的各大門派的人……已然到了胡府，大概……是為了對付公子吧。」最後一句說完，他有些不安地看了看喬小扇的神色。

「原來是這樣。」喬小扇神色無波，揮了揮手便放他離去。「我明白了，你去吧。」

那人鬆了口氣，趕忙要走，忽然又被她叫住。

「那一行人共有多少人，你可看到了？」

「嗯……看到了，一共一十八人。」

喬小扇點了點頭，轉身回房。

一十八人，大概個個都是江湖大派中的高手吧……

段衍之回來時，屋內已經熄了燈。

已是暮春時分，夜間也不寒冷，他只著了一件白色外衫，一如既往的姿容俊雅。走進房門時，腳步輕而緩慢，怕驚擾了喬小扇的好夢。

坐到床沿，喬小扇果然睡著了，均勻的呼吸清晰可聞。他輕輕笑了笑，覺得這幾日的疲憊都在這一刻得到了安寧。

脫了外衫爬上床，剛躺下便聽見外面傳來一陣極低的響動，那是青雲派門內的暗號，為了方便夜深人靜時叫他出去稟報事情。

段衍之輕輕嘆息一聲，剛要掀了被子下床，身後一雙手軟軟地摟上了他的腰，阻止了他的動作。他愣了一下，回頭看去，黑暗中仍可見喬小扇晶亮的雙眼。

「相公，你要去哪兒？」她的聲音帶著剛睡醒的慵懶，微微沙啞，透出一絲魅惑。

段衍之俯身在她額頭親了一下，笑道：「出去看看哪家的貓兒進了院子。」

「侯府哪有什麼貓兒狗兒的，你當這裡是天水鎮嗎？」喬小扇摟緊了手臂。

段衍之被她的舉動弄得一陣驚訝，她剛才的模樣與以往一點也不相似，竟然帶著一絲撒嬌的意味，叫他心中禁不住柔軟下來。不過還有事情要做，不然拿不到解藥，這樣的溫情又能持續幾時？

他抬手覆上喬小扇的手背，聲音溫柔。「娘子，好好睡吧，我很快便回來。」

手指正要去撥開她的手，她卻一把反握住了他的手掌，接著一拽，猝不及防地將他拉著躺回了床上，連帶整個人都趴了過來，壓住他。

「別去了，每日的事情那麼多，放一放吧。」喬小扇在他胸前窩著腦袋，喃喃地說了一句，接著便要放心大睡。

段衍之卻睡不著，一個生理健康的大男人被心愛的女人壓著，溫香軟玉的，不心猿意馬才怪。

這些日子顧及著喬小扇的身子，床笫之事他都儘量克制，偶爾為之也是儘量溫柔呵護，不敢有半點放任自己，現在被她這麼大剌剌的抱住，約束了許久的熱血彷彿又沸騰了，連耳根都燙了起來。

「相公，你怎麼了？」喬小扇感到他身子僵硬，皮膚燥熱，不免感到古怪，一面還不忘伸手去探他的額頭。

微涼的手掌貼在額上，段衍之不覺得舒服，反而覺得更加難受。每當此時他便會痛恨太子，沒事下什麼藥呢？直接衝著他來真刀真槍也好啊，他這麼做肯定是故意的吧!!

「相公？」

段衍之被喬小扇的話拉回了神智，苦笑著道：「娘子，妳還是讓我出去辦事吧。」

「我說了，今日不要去了。」

段衍之僵硬地躺在床上，無語凝噎。

兩人相對無言了許久，屋外等著的人似乎都走了，喬小扇才慢悠悠地開口。「相公，你喜歡男孩兒還是女孩兒？」

段衍之先是一怔，繼而便是大喜。「娘子，妳……」

他該怎麼問？怎麼問怎麼問？好激動，是不是那件事啊？

「不是，我只是問問罷了。」

段衍之吁了口氣，剛才激動的心情平復了下來，這種事情果然還是要先有個心理準備比較好。他反手摟住她的脊背，笑道：「只要是妳我的孩子，男女我都喜歡。」

喬小扇「嗯」了一聲，繼續問：「那你說男孩兒叫什麼名字好，女孩兒叫什麼名字好？」

段衍之還真認真地想了一下，忽而又覺得不對勁。「娘子，妳今日為何有這麼多問題？」

若是在平時，就是主動跟她說起這些，她也肯定是寥寥數語，今日主動挑開話題不說，還與他說了這麼久的話。

「……娘子，妳是故意拖著我不讓我出去的嗎？」

喬小扇失望地將頭靠在他頸窩。「都被你看出來了，那你還會出去嗎？」

段衍之當然知道她的用意，她不擅言辭，但擔憂之色都寫在了眼睛裡，這些日子進進出出總能看到。他也想什麼都不管不問，只陪著她，可是將軍府的事情是她心中的一個傷口，她自己已經沒有能力醫治，他若不幫她，還有誰幫她？

他知道喬小扇心裡很矛盾，一面是家裡背負的血債，一面是丈夫的安危，也難怪她今晚會有這樣反常的舉動。

「好，今晚不出去了。」段衍之摟緊她，但隨即又覺得渾身燥熱不堪了。

「相公，你又怎麼了？」

「唔，娘子，我……我能不能……」

喬小扇摸了摸他的臉，觸手一陣滾燙。「能什麼？」

那隻手如同撥動了他心底繃緊了許久的琴弦，段衍之忍無可忍，摟緊她一翻身，壓了上去，頭暈腦熱之際只記得安撫地說了一句——

「我會輕輕的。」

喬小扇明白過來，微微一笑，主動在他耳邊啄了一下。「沒關係的，相公。」

如同踩在了雲端，段衍之覺得自己一身的壓力都在這一句話下化解無蹤，彷彿江海決堤，一發而不可收拾。

宛若狂風過境，不知衣裳是何時褪盡的，當肌膚與肌膚相貼時，段衍之的動作忽而又溫柔了下來。

他的手掌因練武而覆著薄薄的一層老繭，微帶粗糙感的摩挲引得身下的人輕輕呻吟出聲，接著又害羞地咬牙忍住。

段衍之失笑，俯身貼上她的唇，一下一下輕輕描摹她的唇線，直到她難耐地啟開唇齒，終究得以唇舌相依。

段衍之的手撫到她的背後，微微一頓，那裡有幾處傷疤，在天水鎮時便見過，至今仍舊留著。縱使再意亂情迷，每當手觸碰到這塊肌膚，他便會不自覺的溫柔下來，想要給她安穩，給她無憂，遠離一切爭鬥與刀光劍影。

「娘子，等這一切結束，我們就走吧，一起離開這裡。」

喬小扇輕輕「嗯」了一聲，出口卻是溫軟嬌柔，帶著無盡的情意與誘惑。

段衍之的唇又覆了上去，一路蜿蜒著在鎖骨處盤桓，身下的人緊緊攀著他，溫暖得彷彿要把他融化。

那種感覺又升入腦中，他嘆了口氣，終究還是決定不斯文一回了……

第四十八章

春日將近末尾，太子殿下已被軟禁在東宮近一月。

今早天剛亮，東宮裡忽然忙亂了起來，嘈雜聲一片。太子被擾了清夢，起身走到外殿一看，就見一個太醫在小太監的指引下進了太子妃的寢殿。

他心中感到奇怪，便叫來自己身邊的太監問話，這才知道太子妃已經感染風寒多日，早已臥病在床，難怪這幾天都沒見到她。

畢竟夫妻一場，太子想了想，還是決定去看看情況。

寢殿內點了薰香，四周窗戶緊閉，光線不亮，走進去便有種昏昏沈沈的感覺。太醫見太子進來，趕忙行禮，他揮了揮手，隨口說了聲「免禮」，走到了床邊。

太子妃的氣色說不上多差，但神情頹唐，臉頰也凹了進去。見到太子突然出現，她也不覺得奇怪，只微微欠了欠上身道：「殿下恕罪，臣妾失禮了。」

「愛妃不必多禮，身體要緊。」太子狀似關心的說了一句之後，轉頭叫來太醫詢問了一番，之後又詳細地問了宮人這幾日太子妃的飲食情形，一副關懷備至的模樣。

太子妃始終一言不發，嘴角卻不自覺地帶出一抹似有若無的笑容，頗具嘲弄之意。

待太子做完樣子準備離去時，太子妃終於開了口。「殿下，臣妾有個不情之請。」

「嗯？」太子駐足，神情溫和地抬了一下手。「愛妃請說。」

太子妃又欠了欠身，抬眼看著他道：「臣妾嫁入宮中許久，至今未曾歸府一次，如今身在病中便尤其的想家，所以臣妾希望殿下恩准臣妾回去養病一段時日。」

太子的臉色緩緩地沈凝了下來。

在這個當口說要回去，僅僅是想家這個藉口，會不會太拙劣了點？

太子眼中寒霜一片。「愛妃身體不適，還是不要輕易走動了吧。」

「殿下，不過是小小風寒，無礙的。」

「本宮還是不放心，還是等愛妃身子好了再說吧。」太子轉身離開，沒有半點可商量的餘地。

太子妃目視著他的背影出了門，臉上神色變得複雜起來。

半晌過去，屏風後一道人影輕輕閃出，朝她恭敬地行了一禮。「小姐。」

「回去告訴老爺，就說不用顧慮太子了，他對我這般防範，顯然是有了異心。」

「可是一旦老爺與太子對立，小姐的處境會很危險。」

太子妃掃了她一眼，神情睥睨。「世上沒有輕易得到的好處，不冒一些險，如何能走上至高無上的位置呢？」

「……是。」

人影將要離去之際，太子妃忽然又道：「妳幫我去請秦小姐過來。」

「小姐說的是哪位秦小姐？」

「就是定安侯世子的表妹，秦夢寒秦小姐。」

「是。」

秦夢寒到達東宮時，太子妃剛剛用完早膳，正在對著窗戶修剪盆景，周圍沒有任何隨從。見她進來，太子妃立即停了手上的動作，喚她走近。

「一直聽太后她老人家提起夢寒妹妹，卻總是無緣得見，今日一見，果真是個美麗不可方物的人兒。」

因是太子妃召見，秦夢寒今日特地打扮了一番，身上的湖綠綢裙襯著粉嫩細白、淡施粉黛的臉，的確別有風情。聽了太子妃的話，她的臉紅了紅，福了福身道：「太子妃謬讚了。」

太子妃笑了笑，拉著她挨著桌邊坐了下來，甚至還親手為她沏了杯茶。「夢寒妹妹今年多大了？」

「回太子妃的話，今年已十七了。」老實說，秦夢寒此時很慌張，倒不是被太子妃召見的緣故，而是她此時的態度。自己與她並無交集，為何會突然受到召見，還對自己一口一句「妹妹」

的叫著？親暱得有點莫名其妙。

秦夢寒神情間的異樣自然逃不過太子妃的眼睛，不過她只當作什麼都沒看到罷了。

「十七的話，也該許配人家了。」

秦夢寒聞言，端杯子的手微微顫了一下，之前不愉快的回憶又浮上了腦海。

若是沒有那場「意外」，她早已嫁做人婦。可如今京中權貴哪家不知道她如同破布敗衣般被拋棄的事實，誰還敢輕易上門提親？

她的父母為此早已氣惱了許久，她自己也覺得難過，但是又能怎麼樣呢？表哥對她並無過分之處，甚至喬小扇對她也有救命之恩，她除了祝福他們，還能做什麼？

太子妃一直悄悄注意著她神情的細微變化，許久才笑道：「所謂女大當婚，夢寒妹妹的親事太后也一直很關心，前些日子還說要替妳作主呢！」

秦夢寒趕忙道：「哪裡敢煩勞太后她老人家操心。」

太子妃不以為意的一笑，眼神微轉，其中帶著幾分意味莫名的神色。「夢寒妹妹認為壽王殿下如何？」

秦夢寒一怔，吶吶地道：「壽王？陛下的第七子壽王？」

太子妃含笑點頭。

「這……」秦夢寒慌忙起身，臉色有些發白。「太子妃厚愛，此事太過突然，且不是夢寒自己，就是壽王殿下那裡也是說不通的。」

「妳若放心本宮，本宮替妳去說。」太子妃的臉上始終帶著微笑，神情卻有種勝券在握的意味。

秦夢寒心中慌亂，連忙跪倒。「太子妃仁愛，夢寒無以為報，但婚姻大事有關終身，壽王殿下年輕有為，不該匹配我這般的女子。」

「什麼叫妳這般的女子？妹妹莫要妄自菲薄，當初那件事可不是妳的錯。」太子妃抬手扶起她，頓了頓，搖頭似不經意般道：「唉，段衍之也是個糊塗人，早知今日，當初何必娶了別人。」

秦夢寒被這沒頭沒尾的一句話弄懵了。「夢寒不明白太子妃的意思。」

太子妃拍了拍她的手背。「唉，妳還不知道吧？妳那表嫂並沒有死，還好好的活著呢！」

「……」秦夢寒徹底僵住，這個消息的震撼程度完全不亞於先前要她嫁給壽王那個。她不是已經過世了？怎麼會突然又活了？

太子妃重重地嘆了口氣。「但她中了太子殿下的毒，具體緣由我不便多說，但那毒卻是無藥可解的，虧得妳表哥還在四處奔走的要救她，實在是不值得啊……」

秦夢寒的表情越發驚愕了。

見時機已然成熟，太子妃又故作嘆息地說了幾句，這才道：「夢寒妹妹一時難以接受也是正常，畢竟那是青梅竹馬的表哥，哪能說斷就斷呢？不過他既然心中沒妳，妳這又是何苦？壽王的這件事我等著妳的答覆，若是願意，我便保證這件事能成，若是不願，那便權當我們姊妹之間說笑好了。」

秦夢寒感激地看了她一眼，行了大禮，這才告退離去。

太子妃在她離開後，叫來自己的心腹太監，囑咐他將秦夢寒即將婚配壽王的事情告訴太子。她知道今日她的父親會與壽王一起進宮面聖，討論西南邊境之事。太子雖然人在東宮，眼線卻不少，他疑心重，定然會自己臆想出些什麼。

比如她父親改而支持壽王，比如段衍之將表妹嫁給壽王是有意與她父親合作。只有背叛過的人才會時刻擔心他人也會如自己般背叛，太子便是這樣的人。

而結果無論是太子因此事與段衍之決裂，還是一怒之下毀去喬小扇的解藥，更甚至僅僅是秦夢寒為自己表哥不值而去定安侯府找喬小扇撒撒氣，都是她樂見其成的。

如她所想，秦夢寒此時的確是去了定安侯府。

段夫人最近比較憂心，因為老侯爺一直叨唸著要抱重孫，作為一個孝順的媳婦，她不得不尊重老人家的意願，於是一早便燉了補品送去給喬小扇了。誰知喬小扇見到那碗黑乎乎跟藥似的補品，一下子就吐了起來，一發不可收拾。

秦夢寒到了之後便剛好看到這一幕。

段夫人被嚇了一跳，也不管是誰，隨手就對秦夢寒招了招。「快去打盆水來給少夫人洗洗！」

秦夢寒氣噎，到哪兒都免不了給喬小扇打水的命運，這是為啥啊!!

好在這次有其他下人搶著去做了，秦夢寒站在一邊看著喬小扇蒼白的臉色，心情複雜。

好不容易清理好了，段夫人喜孜孜地問喬小扇道：「媳婦兒啊，妳是不是有了啊？」

喬小扇一怔，抬頭剛好看到一邊站著的秦夢寒。

「表妹怎麼會來？」

段夫人這才發現屋子裡多了個人，眼神狠狠地掃了一圈下人。直接把人帶到這兒也就算了，還不知道提醒一句！

秦夢寒見段夫人臉色不善，心裡有些不舒服，便直接說明了來意。「舅母，我是來找表嫂的，有些話要與她說。」

段夫人看了看她，又看了看喬小扇，點了點頭，領著一干下人走了出去。

「許久未見了，表妹。」喬小扇原本倚在榻上，此時端坐了身子，將腿上蓋著的薄毯攏了攏。

「是啊……」秦夢寒見她這模樣，心中有些不是滋味。雖然她奪走了段衍之，但她從未想過她會有這樣精神頹唐的一日。

「看表妹的神情似乎有事，怎麼了？」

秦夢寒看了看她，嘴唇翕張了半晌，終究還是問了出來。「妳……中了太子的毒？」

喬小扇一愣，眼中神色變了。「妳見過太子？」

「不是，是太子妃告訴我的。」

「原來如此。」喬小扇點頭，神情間卻帶了一絲瞭然的意味。

「妳的身體……」秦夢寒咬了咬唇。「我聽聞那毒無藥可解。」

「太子妃告訴妳的？」

秦夢寒點頭。

喬小扇嘲弄的一笑，不置可否。

屋內的氣氛壓抑得過分，彷彿叫人透不過氣來。

秦夢寒終究還是忍不下去了，轉身就要走，剛到門邊，又停下了步子，卻並未轉身，只低聲道：「我……應該就快嫁人了。」

喬小扇詫異地看向她，隨即臉上露出笑容。「恭喜。」

如同被猛然刺激到了一般，秦夢寒霍然轉身看著她，聲音也瞬間拔高。「既然妳嫁給了表哥，為何要給他帶來這麼多麻煩？為何不能好好保重自己的身子？難道妳非要看表哥在外為妳奔波受累才甘心嗎？」

她的話說得又快又急，帶著厭惡，卻又含著一絲同情，最後混合起來，是恨鐵不成鋼的憤懣。

這個人奪了她期許的一切，她已不恨，只是煩躁喬小扇把一切都弄得一團糟。為什麼對現在的生活不能珍惜一點？為什麼不能離宮中是非遠些？為什麼不能自己保重一些？起碼給表哥省些心，也讓她能完全敗退、毫無希望地離去啊……

喬小扇的眼神閃了閃，緩緩垂頭，默然不語。

秦夢寒猛地回過神來，拉開門跑了出去。

屋內重歸平靜，直到喬小扇又猛地趴在榻沿乾嘔了起來，止也止不住。

第四十九章

段衍之回到侯府時，府中很忙亂，喬家姊妹兩人正在收拾東西，陸長風也在一邊幫忙裝車。

「怎麼了這是？」他疑惑地走上前去詢問。

就見喬小刀委屈地撇了撇嘴道：「大姊要我們離開京城。」

「什麼？為何這般突然？」

喬小葉攤了攤手。「不知道，不過我們本來也準備走了，只是有些捨不得大姊而已。」

喬小刀跟著點點頭。

段衍之覺得奇怪，喬小葉回去也罷了，怎麼喬小刀也要回去？她可是將軍府遺孤啊！貿然出京，萬一又遇到有心之人的劫殺怎麼辦？

他對幾人點了一下頭。「你們稍等一下，我去問問小扇再說。」

陸長風看著他遠去的背影搖了搖頭。「雲雨最近凡事都很謹慎啊，看來那件事情很棘手。」

沒一會兒，段衍之又走了回來，對幾人道：「既然要走，我親自送你們出城吧。」

喬家姊妹心知這肯定也是大姊的意思，乖巧地接受了。

春意深濃的上午，陽光晴好，段衍之送著喬家姊妹的馬車剛離開，侯府門口就又停下了一輛馬車。

精心雕刻描繪的車身顯得富貴華麗，車簾微挑，一個俊俏的小丫頭下了車對門口的護院揚了揚手中的牌子。「去告訴你家少夫人，就說有故人來訪。」

一般來客都會通稟老侯爺或者段夫人，還是第一次有人直接說通稟少夫人的。不過兩個護院不敢遲疑，因為那牌子他們看得很清楚，來自宮中。

其中一個轉身進了府中，很快就返回了門口，對小丫頭遲疑地道：「少夫人說……如若貴客不嫌棄，還是走後門吧。」

「什麼？」小丫頭的聲音立即揚高了幾度，把五大三粗的護院都給驚得一跳。

「算了，我們就走後門吧，免得惹人懷疑。」溫和淡雅的女聲從車中傳出，小丫頭狠狠地瞪了一眼護院後，吩咐車伕駕車朝後巷趕去。

旁邊的護院問剛才去通稟的那人道：「真是奇怪，到底是什麼人啊？」

「噓……你小聲點兒，那牌子可是東宮的。」

「啊？那車裡的人豈不是……」

「沒錯，就是太子妃。」

「呃，我以為是太子來著……」

噗！對方絕倒……

太子妃一身素雅綢裙，頭上隨意地插了支玉簪，剛帶著小丫頭進了後門便看到有個模樣伶俐的小丫鬟等在那裡。

「貴客請隨奴婢來，少夫人特命奴婢在此等候。」

太子妃點了點頭，跟著她朝前走去。

她身邊的小丫頭倒十分的不悅，宮中的牌子都亮出來了，不過是個世子妃，叫太子妃走後門也就算了，還不親自相迎！

幾人走到府後居東的一處院子裡，剛要推門進去，丫鬟對太子妃行了一禮道：「少夫人吩咐，請貴客您一人進去。」

太子妃看了一眼身邊的婢女，點了點頭。「好。」

小丫頭又是一陣憋悶，除了皇上、皇后、太子之外，還是第一次見到這麼大牌的！

院中十分安靜，一個下人也沒有，剛走到門邊便傳來一陣淡淡的藥香味，看來這陣子她熬得挺不容易。太子妃微微一笑，推門而入。

入眼是室內的紅木桌椅，桌上燃著薰香，幾步之外放著一張軟榻，喬小扇正在上面合目養神。此情此景讓太子妃覺得自己見的人是個高高在上的人物，而不是一個品階不如自己且身體虛弱的人。

聽到腳步聲接近，喬小扇抬眼看來，神情無波，抬手對太子妃做了個請的手勢。「太子妃請坐。」

太子妃依言在榻邊的凳子上坐下才恍然驚醒，喬小扇未行禮也便罷了，還直接占據了主導位置，這很不符合她來此的初衷。

「太子妃前來有什麼話要說？」

依舊淡淡的語氣，依舊四平八穩的態度，太子妃有些忍不住了，低咳一聲道：「來自然是有事，本宮只是覺得是時候該與妳見一面罷了。」

喬小扇聞言忽而勾了一下嘴角，太子妃悚然一驚。

她剛才的表現，似乎有些急切，有些自亂方寸的意味了。

喬小扇盯著她緊皺的眉頭道：「太子妃的意思，是將我當作了對手？」

太子妃又是一驚，竟然隻言片語便看出了自己的心思，果真不可小看。

「妳本就是本宮的對手，本宮自從得知真正的將軍府遺孤是喬小刀之後，便明白妳是個不簡單的女子。連太子都被妳迷得團團轉，妳卻片葉不沾身，哼，好手段。」

喬小扇可能有些疲倦了，便換了個姿勢，用手托著腮靠著枕頭倚著，這不經意的動作反而顯出一絲風情來，讓太子妃也看得愣了一下。

「太子妃此言差矣，小刀之事，我只是出於保護她的意願，而太子之事，則只是誤會導致的一廂情願罷了。」

太子妃冷哼了一聲。「本宮知曉妳一直不願置身其中，但妳現在已經陷進來了，想出去怕是很難。」她起身走到她跟前，緩緩蹲下身子與她雙眼平視。「喬小扇，本宮自入宮以來，第一次覺得有人可以做本宮的對手，那人便是妳。如今事態發展皆難以預料，妳可要打足精神了。」

「太子妃上次叫秦夢寒故意說我無藥可解時，我便知曉這是一種宣戰了。」喬小扇黑亮的眸子盯緊了她。「既然如此，那是臣妾的榮幸，自不會推卻，不過臣妾也要說明白，無論現在事態如何發展，結果都是注定的。」

太子妃皺了一下眉，對她這麼堅定的眼神有些心生怯意。「妳什麼意思？」

「人無欲則剛，太子妃想要的太多，然而立場卻不分明。若是全力幫助胡家，就不該再為太子謀劃，可不謀劃又不能滿足妳他日登上后位的願望；可若是全力幫助太子，他本就不待見妳，他日胡家一倒，妳的處境也是十分艱難。所以……其實妳沒爭便已經敗了。」

「妳……」太子妃氣憤地站起身來，先前的平穩模樣早已盡散，臉上雖然憤怒，眼中卻露出了不安。

喬小扇攏了攏身上的毯子，又瞇起了雙眼養神。「太子妃請回吧，或者妳可以在找到自己的立場之後再來與臣妾說這些話。」

太子妃咬了咬牙，目光憎恨。

為何自己做不到她的淡然？無欲則剛？人生在世間，怎可無欲？

「哼，說起來，本宮來此，還有件事要告訴妳呢！」她眼珠輕轉，臉上又帶上了笑容。「段衍之待妳可是實打實的好，竟然決定放棄侯爵繼承，只為從太子手上得到解藥。」

喬小扇驀地睜開雙眼，眼神中一片吃驚。

太子妃見到，得意的一笑。

「太子妃知道的事情真不少，不過知道得越多卻也越危險，太子妃請保重，不送。」

太子妃神情一頓，面上掛不住了，不過面對始終面色沈穩的喬小扇，她竟找不到什麼突破口，最終只能狠狠地甩了一下袖子，轉身離去。

喬小扇在她走後，緊捏著衣角，皺緊了眉。

許久過去，忽然有人在外敲門。「媳婦兒，是我啊，我找了大夫來給妳把脈。」是段夫人。

那日見了她嘔吐便激動不已，這幾天見喬小扇又沒了動靜，她可能是坐不住了，想來是要找大夫來證實一下才能安心。

喬小扇原本要請她進來，想了想，還是算了。

段夫人以為她睡著了，不便打擾，只好怏怏地領著人走了。

此時此刻，京城城門之外已是一片廝殺。

喬小扇是故意送兩個妹妹離開的。

將軍府一案，除了方立之外，並無其他人證，更何況方立還十分的不配合。

侯府最近一直監視著胡府的舉動，胡府定然也不例外，會暗中監視著侯府，因此喬小扇乾脆便引蛇出洞。段衍之並不是不知道兩個妹妹要走，實際上他連回來的時機都是掐準的，那不知情的模樣無非是裝出來給胡府看的，好方便他們下手。

京城城外早就埋伏好了青雲來的高手，待馬車一遇上刺客便猝不及防的現身，殺得他們措手不及。

刺客為首的正是許久未曾現身的金刀客，段衍之肩頭還留著他給的一道疤，再想起喬小扇也曾被他傷得極重，當即決定親自動手收拾此人。

當金刀客渾身是傷，躺在血泊裡奄奄一息的時候，馬車裡的喬家姊妹跟在旁圍觀的青雲派眾人都表示，段衍之溫和善良的外表下，掩藏著一顆相當恐怖的內心……

兩個妹妹被青雲派的人安全護送離開後，段衍之一身輕鬆地回了侯府，剛進入房中便見喬小扇趴在榻邊乾嘔。

他嚇了一跳，趕忙過去扶她。「娘子，妳怎麼了？」太子那藥好像沒這症狀吧？

喬小扇臉色蒼白，好一會兒才緩了過來，疲軟地靠在他肩頭問道：「都辦好了？」

「辦好了，妳放心。」段衍之不放心地看了看她。「娘子，妳哪兒不舒服？我還是去叫大夫來吧。」

喬小扇抱住他的胳膊，搖了搖頭。「沒事，可能是吃壞了東西吧。」

段衍之愣了一下，十分誠懇地問她。「那我為何沒事？」

「唔……你的身體比較好吧。」

段衍之懷疑地看著她。

「對了。」喬小扇轉移話題道：「你是喜歡男孩兒還是女孩兒？」

「嗯？」段衍之想了一下，忽而明白過來，安撫地摟住了她。「放心，今晚我不出去就是了。」

喬小扇先是一怔，繼而失笑地點頭。「也好。」

第五十章

對於侯府與胡府的明爭暗鬥，老侯爺全然不在乎。

他最近比較鬱悶，因為據說孫媳婦兒有了身孕，但沒有得到證實。

此時他老人家正蹲在院角的花叢後，緊盯著院中那抹站著的高眺身影——他是來刺探實情的。

喬小扇正在無聊地修剪一棵小樹枝椏，一個人站著，沒有下人在旁邊伺候。

老侯爺已經全程關注了近一個時辰，親眼見證了那株茁壯成長的小樹從枝葉繁茂到禿頭謝頂的全部過程。

為什麼沒有害喜的跡象啊……

身邊忽然陰影一暗，有人在他身旁蹲了下來。老侯爺吃了一驚，轉頭一看，原來是他媳婦兒段夫人。

「妳怎麼來了？」

「噓——我也是來看情況的……」

老侯爺對此表示理解。

偌大的侯府是多麼的冷清啊，孫媳婦兒啊，所有希望都在妳一人身上了啊……

「公爹，其實我覺得小扇已經有了，可是最近我帶大夫去給她把脈，她總是避而不見，真讓人心急。」段夫人壓低聲音對老侯爺仔細分析。

「不會吧？照妳這麼說，那豈不是壓根兒就沒有懷上？不然幹麼不讓把脈呢？」老侯爺神情淒哀，十分不願相信。

「也不一定，興許是有了身孕還故意隱瞞呢。」

老侯爺抽了一下嘴角，轉臉看她。「妳覺得世上會有這種人？」

段夫人一本正經地點頭。「當初我懷著雲雨那會兒不就是事先隱瞞了一陣嗎？後來您跟相公都很驚喜的啊！」

「……」老侯爺的嘴角抽得更厲害了。「媳婦兒，我覺得我們侯府不會那麼好運，娶的媳婦兒個個都是像妳這樣的……人才。」

段夫人剛想接話，前方的喬小扇忽然轉頭看了過來，兩人只好趕緊低頭扮演花草樹木。

沒一會兒，有人腳步急切地走了過來，段夫人跟老侯爺又探出頭去，這才發現居然是這段時間一直神龍見首不見尾的段衍之。

段衍之一路走得迅速，完全沒有平日裡的平靜沈穩，喬小扇聽到動靜，轉頭看來，微微愣了一下。「相公你怎麼了？」

「娘子，宮中出事了。」

「什麼？」不僅喬小扇，老侯爺跟段夫人也是一臉詫異。

「太子妃被刺了。」

喬小扇聞言一愣，皺了一下眉，隨即反而又漸漸平靜了下來。「兇手是誰？」

段衍之抿了抿唇，神情猶疑，半晌才道：「太子。」

老侯爺差點沒驚訝地叫出聲來，被段夫人一把捂住嘴才沒暴露形跡。

乖乖，皇家的夫妻吵架都很慓悍啊，直接動刀動槍吶，還是自己家裡清靜些。老侯爺忽然覺得自己孫子的脾氣真是好得沒話說了，跟太子完全不在一個層面上啊！

段衍之早就察覺到了周圍有人，眼神在樹叢這邊瞄了一眼後，無奈地搖了搖頭，對喬小扇道：「我們回房去說吧。」

喬小扇點了點頭，二人相攜著一起朝房間走去。

老侯爺徹底鬱悶了，沒查到實情也罷了，連這麼精彩的八卦也沒聽著，真是難受啊……

太子妃此次被太子刺傷，其實說起來大致是個意外。

段衍之早上忽然被胡寬邀請去了胡府作客，沒想到去了之後見到的卻是智一大師。

段衍之自然明白胡寬試探自己的用意，乾脆什麼都沒表示，只是靜靜地與智一大師下了兩個時辰的棋。

臨了時，智一大師問他。「世子既然已勝券在握，何須將貧僧趕盡殺絕？」

看似討論棋子的一句話，說的卻是有關胡寬的事情。

段衍之聞言扔了手中的棋子，淡笑了一下。「大師若不再執著，主動棄子認輸，在下又何須如此？」

一直在旁觀戰的胡寬聞言臉色大變。

沒一會兒，有個青衫小廝慌忙地跑了進來，對胡寬草草行了一禮便開口嚷道：「老爺，不好了！小姐……不是，是太子妃她……她遇刺了！」

眾人聞言都愣住，愛女心切的胡寬最先問道：「到底怎麼回事？」

小廝也說不清楚，只是口口聲聲說刺傷太子妃的人是太子殿下。胡寬聞言怒從心起，當即著了朝服要入宮面聖。

段衍之見狀也不好久留，起身告辭。

智一大師端坐著，微瞇雙眼唸了句「阿彌陀佛」便再無表示。

出了胡府，段衍之立即派人去宮中詢問眼線，事情果然是真的，太子妃的的確確是被太子刺傷了。然而事情卻多少有些出入，因為可能實際上是太子妃先挑起的。

原來今早太子妃帶著貼身侍女去給太子請安，卻沒有受到太子召見。實際上這已不是第一次，然而一向端莊冷靜的太子妃今日卻像是忽然變了一個人，直接帶著侍女就衝了進去，攔也攔不住。

之後也不知道裡面發生了什麼，等裡頭傳出太子妃的一聲尖叫時，宮人慌忙衝進去，就見到太子手中握著匕首，太子妃腹間染紅了一大塊，臉色蒼白地倒在了地上，侍女嚇得在一邊哭叫不止。

喬小扇靜靜地聽完段衍之的敘述後，神情微變。

太子一直苦心積慮地想要登上皇位，絕對不會在此時節外生枝，那麼造成這一切的便是太子妃自己了。肯定是她說了什麼激怒了太子，而後造成了意外。反正那個貼身侍女是她自己的人，想要怎麼說都是可以的。

果然是個為達目的不擇手段的女人。

「相公認為此事有何蹊蹺？」

段衍之搖了搖頭。「我叫巴烏在宮外等著消息，還要看皇上對太子作何處置才能知曉。」

喬小扇點了點頭。

兩人一時沒有說話，段衍之與喬小扇都各自想著心思，房中陷入了一陣寂靜。

段衍之心中很不安，主要是為了喬小扇，而喬小扇也想到了自己這一層，只是彼此為對方著想，都沒有說出來罷了。

巴烏很快就回來了，對段衍之拱了拱手道：「公子，太子已經被皇上送交宗人府了。」

果然……

段衍之無奈地嘆了口氣。

胡寬進宮去鬧，皇帝就算不相信太子會這麼莽撞，也不會不給個交代。

他已經有了人證，只需放手一搏去胡寬府上取得物證就行，如今卻出了這樣的岔子。即使拿到證據，也無法見到太子，更加拿不到解藥。

太子妃針對的是喬小扇，也是在用這個法子護住胡家暫時免遭一劫。

喬小扇眼見他的神情，心裡有些難受。這段時間，為了她，段衍之已經忙了很久，每次回來都很疲倦，可面上從未顯露過任何不耐。

「相公，不如……算了吧。」

段衍之一愣，對上喬小扇略帶愧意的臉。

「娘子，妳怎麼這麼說？」

「我是說真的，還是算了吧。不用再為我的解藥奔波，也不用再為將軍府翻案了，就這麼結束吧。」喬小扇閉了閉眼，眉眼間隱含著疲倦。「你已經盡力了，我們從這漩渦中脫身吧，那樣至少……你不用拿自己的侯爵之位去換解藥。」

段衍之皺眉。「誰告訴妳的？」說著眼神掃向了巴烏。

巴烏慌忙搖手。「我可什麼都沒說啊！」

喬小扇對巴烏點了點頭，示意他先出去，巴烏正好也待不住了，心有忐忑地瞄了一眼段衍之，就趕緊退了出去。

喬小扇上前掩好了門，轉身走到段衍之跟前，主動握了他的手。「相公，這一切都是喬家欠下的債，你已經做了許多了，不必再堅持下去。」

段衍之凝視著她蒼白的臉頰，心中微酸，卻還是笑了一下。「娘子此言差矣，就算不是為了妳，滕將軍一門三將，滿門忠烈，我也該盡力為之翻案。何況當初牽扯了那麼多蒙古貴族受牽連，青雲派主力皆來自蒙古，我豈能坐視不理？」

喬小扇垂下眼簾，抿唇不語。他說的每句都在道理上，可越是這樣她就越不忍心。她真的很想拋下這一切遠離，更不想讓侯府付出代價。

「相公，侯府的爵位已經傳了幾代，你不能為了我就輕易放棄，那樣我怎麼對得起段家列祖列宗？」

段衍之無所謂地笑了笑。「若是侯府真的在乎權勢，那麼現在的侯府就不會是這樣，而是要嘛早已消失，要嘛不只尊貴如此，所以妳根本無須自責，祖父和在天之靈的父親也絕對不會怪我的。」

他伸手攬喬小扇入懷，安撫般輕拍著她的肩背。「放心，若是連這一道小檻都過不去，我豈不是太不濟了？」

一直以來是他忽略了太子妃這個人，沒想到她會突然在這個時候出一招。段衍之暗忖著，還是要派人盯著她才好。

既然她這麼出其不意，那麼他也該回報以攻其不備。

去胡府拿證據的事情，他不會如她所願的推後，反而會提前。

至於太子，他也是時候吃點苦頭了，暫時關起來也好。

這一番心思想完，段衍之的心情輕鬆了許多。

然而喬小扇卻忽然一把推開了他，彎著腰劇烈地乾嘔起來。

段衍之嚇了一跳，一邊慌忙拍著她的背給她順氣，一邊打算叫大夫來，喬小扇卻阻止了他。

「相公……」她平復了喘息，捂著胸口緩緩道：「我知道你必然已準備行動，可是我希望你在出發之前來與我說一聲。」

段衍之料想她是擔心自己，便順應她的意思點了點頭，誰知喬小扇卻十分堅持的又重複了一遍。「我是認真的，相公。無論你哪一天去，臨走時一定要來見我，我有話要與你說。」

「好的，我知道了。妳現在可以去看大夫了吧？」段衍之不放心地扶著她，這已經不是一次兩次了，連帶最近她的表現也很古怪，晚上都不讓他碰她……

當然這不是重點，重點是段衍之很擔心她的身體。

可是問她，她卻什麼都不說，也不讓他叫大夫。段衍之沒有經驗，這段時間也沒有空跟老侯爺和段夫人交換意見，所以連個懷疑也沒有，便直接墜入雲裡霧裡出不來了。

段衍之小心翼翼地摟著她。「娘子，妳……到底怎麼了？」

喬小扇靠著他的肩頭微微喘息。「你記得臨行前來找我，我再告訴你……」

第五十一章

宗人府乃處理皇親貴冑、朝廷權貴的懲處之所，因此大牢設置得要比普通監獄舒適整潔的多，不過即使如此，對養尊處優慣了的貴族們來說，也是種莫大的折磨。

太子已然被關在此處近十日了，身上是白色的中衣，倒還算乾淨整潔，平時的伙食也算不上多差，可是他的氣色還是一日不如一日，神情憔悴無比，連下巴上都長出了鬍渣。

今日是初八，乃大吉之日，宜嫁娶，而太子卻心神不寧。他端坐在牢房角落，雖然身處偏僻之處，卻感覺自己仍能聽到大街上嘹亮歡快的喜樂，鑼鼓喧天，歡天喜地。

今日是他七弟壽王大喜之日，而他要娶的人是段衍之的嫡親表妹秦夢寒。

他知道這是太子妃作的媒，可也正因為如此，才讓他不安。太子妃故意自殘以陷害他入獄，又為壽王作媒，選的人還是段衍之的親戚，莫非……

太子捏緊了拳，簡直不敢再繼續想下去。如今每一方都對他不利，這件事是否意味著段衍之要與壽王合作？那就等同與胡寬合作了。

不對，段衍之連爵位都可以放棄，與胡寬合作又圖什麼？太子搖了搖頭，否定了這個想法，更何況他比任何人都清楚段衍之將喬小扇看得有多重。

雖然冷靜地分析了一遍，太子的心情卻很難平復。如同細沙落入瀚海，雖然只是極其微小的存在，卻也是實實在在存在的粗粒。經過太子妃那一鬧，太子已經不得不重新思考現在的局面，他以前一直輕視太子妃，似乎是個錯誤的決定。

正在想著，耳邊傳來一陣腳步聲，聽上去大概是兩個人。

太子抬頭看去，牢門口，一個太監提著食盒，躬著身子引著一道熟悉的身影走了過來。太子一眼看到她，忍不住勾著嘴角嘲諷地笑了一下。

「殿下金安。」太子妃隔著門對他盈盈一拜，不過可能是因為腹間還有傷，動作只做了個大概，看上去便有些草率。

「愛妃今日前來，不會又要動刀子吧？」太子挑眼看她，語帶譏諷。

一邊的太監聞言只當什麼都沒聽到，望天望地望腳尖。

「殿下這是說什麼？今日臣妾是特地來看望殿下的。」太子妃說著對身邊的太監抬了抬手。

太監趕緊放下手中的食盒，打開蓋子，從中小心翼翼地端出一只碗來。

太子的眼神離得較遠，只看到碗中盛著黑乎乎的湯水，看上去便叫人心生厭惡。

「愛妃這次改用毒藥了？」

太子妃瞬間失笑。「殿下著實多心，這確實是毒藥，卻不致命，實際上這是救你出去的良方。」

太子聞言愣了愣。

太監已經動作麻利地打開牢門，隨即太子妃親自端著那碗藥走了進來，姣好的面容端莊秀麗，只有眼神透露出深不可測的內心。

走到太子跟前時，她一手提著裙角跪坐下來，將藥送到太子跟前。「臣妾知曉殿下早已待不住，殿下如若明白臣妾的一片苦心，便喝了這藥，不出半個時辰，必定能回到東宮。」

太子微微瞇眼，仔仔細細地打量著她。

先是她自己使苦肉計，接著又讓他使苦肉計，她的「苦心」果然昭然若揭，不過是要讓他明白她的能力——

她有毀他之能，也有助他之能。

太子眼眸一轉，笑著點了點頭，甚至伸手主動握住了她空著的那隻手。「愛妃所言極是，今日才知愛妃才是能助本宮成大事之人。」

太子妃嘴角瀰漫出滿意的笑容，二人四目對視，彼此心照不宣。

太子自她手中接過藥碗一飲而盡之際，腦中卻在迅速地盤算著一定要除去胡家。

這樣的女子留在身邊只會是禍患！

她既然喜歡自作聰明，就先給她點甜頭好了。

喝完最後一口藥，太子重新看向太子妃時，臉上又恢復了笑容，一副大徹大悟的模樣。

於是，太子妃便笑得更加滿意了……

夜幕已降，段衍之仍在書房中整理收集到的證據，還差一些便足夠了，不過這最重要的自然也是最難得到的，胡寬這個老狐狸只怕這段時間連睡覺都會抱著吧。

他整理好東西，起身走到門邊，拉開門對守在外的巴烏道：「去召集派中武藝最好的二十人，子夜之後來見我。」

巴烏微微一愣便反應過來。「公子，您是準備動手了？」

段衍之點了點頭。

巴烏直覺地感到他似是有些心急了，張了張嘴想要說什麼，想了想，還是閉了嘴不再多言。

段衍之轉身要進屋，忽又轉身吩咐道：「記得不要透露出去，特別是少夫人。」

巴烏連忙點頭。

子夜很快便到了，二十名黑衣人悄無聲息地出現在院中，靜候段衍之的調遣。

不過片刻，段衍之便從書房走了出來，巴烏見他仍舊穿著廣袖玄服，好心地提醒道：「公子，那什麼……您是去打架的，不是賞花……」

段衍之垂眼看了看衣裳，點頭笑了一下。「你說的是，幸好你提醒我了。」說著趕緊走進屋換衣裳去了。

因為身為宗主，段衍之在屬下面前一向比較穩重，很少會對人這樣說話，所以在場的二十人見他對巴烏如此親切都有些吃驚。

巴烏轉頭看到他們的神情，得意地揚了揚眉毛，卻又故作無奈地攤了攤手，用蒙語道：「沒辦法，公子離了我就是不行啊……」

二十位大漢頓時紛紛投以崇拜的目光。

話剛說完，段衍之又走了出來，巴烏得意地轉頭看去，差點淚奔。

咱是去動刀動槍啊公子，您換衣裳從黑換成白，除了更加瀟灑，有什麼區別嗎？

頓時間，二十位大漢投向巴烏的視線轉為了懷疑……

段衍之看到巴烏的神情，笑著解釋道：「沒什麼，穿著習慣就好，不礙事的。」

巴烏抽嘴角。「那您剛才可以不用換的啊……」

「那可不行，那是我家娘子為我做的衣裳，沾了血漬就不好了。」

二十位大漢皆作恍然大悟狀，心中十分感嘆自己幸好沒有穿自家老婆做的衣裳出來。

公子您實在是模範相公的楷模啊，吾等敬仰得五體投地……

巴烏眼見著自己的形象掃地，咳了一聲，用蒙語對二十人補充道：「雖說公子離不了少夫人，可是少夫人也離不了我啊……」

耳側似有陰風掃過，巴烏轉頭，正對上段衍之陰森森的眼神。「你不知道本公子懂蒙語嗎？」

「……」巴烏好不容易在一票高手前建立起來的一丁點兒形象，終於徹底坍塌。

段衍之收回視線，臉上又恢復了一貫的穩重，對一行人揮了揮手道：「多餘的話我也不說了，此次行動十分危險，你們都是派中武藝最高之人，不過若不自願，我絕不強求。」

因是在夜晚，二十人都不發一言，只是抱拳行了一禮，氣氛卻瞬間肅殺凝重起來，雖無聲卻似有雷霆萬鈞之勢。

段衍之滿意地點了點頭。「那便走吧。」

二十名黑衣人瞬間提起輕功躍出院外，迅速地朝胡府方向掠去。段衍之剛要邁動腳步，忽而停了一下。

那日喬小扇再三囑咐過他，若是到了真正行動這日，事前一定要去見她。

不過此時已經是子夜，他還在這個時候便是為了不讓她擔心，又豈會再去擾她清夢？

他轉頭吩咐緊跟著自己的巴烏。「你便不要去了，留在府內替我照看好少夫人，千萬不要讓她起疑，我一定會盡快回來。」

巴烏雖然相信段衍之的能力，但畢竟是個大行動，其實心中多少還是有些不放心，便遲疑著不答，仍然想要跟去。

段衍之見狀，拍了拍他的肩膀，十分誠懇地問道：「你是想去塞外放牧，還是想去宮中當差？」

巴烏臉色一白，忙不迭地點頭，腳丫子撒得飛快地去了喬小扇住的院子。

一直到了院落門口他才停下了步子，聳聳肩膀自言自語道：「看吧，說到底少夫人還是離不了我啊……」

「誰離不了你？」

突來的聲音把巴烏嚇了一跳，轉身一看才發現喬小扇已經打開院門走了出來，身上披著外衣，面容沈靜。

「呃……少夫人，您怎麼出來了？」

喬小扇的視線越過他，投向高高的圍牆之外。「我剛才聽到些動靜，相公是不是要動手了？」

巴烏想起段衍之之前的吩咐，咬牙抿唇，誓死不答。

藉著院門邊懸著的燈籠，喬小扇仔仔細細地將他的神情給看了個遍，無奈地嘆了口氣，低聲喃喃道：「我就知道他會怕我擔心而不告訴我，所以這幾日一直在仔細聽著動靜，果然，最後他還是沒來見我……」

巴烏還道她是以為自家公子沒良心，覺得有必要糾正一下她的想法，所以特地將段衍之換衣裳事件之添油加醋版說給她聽了。

誰知喬小扇聞言竟半晌不語，眼中卻瑩潤閃亮，似有淚光。

巴烏撓頭，難不成是他添油加醋得太過了？有這麼感天動地嗎？

「巴烏，待相公回來，你幫我傳一句話給他……」喬小扇語氣一頓，竟有些哽咽之意，惹得巴烏一陣錯愕。

停頓了一瞬，她的神情才回歸平靜，湊近他耳邊低語了一句什麼，而後便轉身進了院子。

巴烏站在院門口細細地回味了一番剛才的話，對著天上的明月眨巴眨巴著眼睛，摸著下巴笑得很是得意。

「瞧吧，還是離不了我嘛……」

第五十二章

太子終究還是回到了東宮，皇帝陛下一聽聞其在牢中上吐下瀉，終究還是不忍心，何況太子妃已經不做糾葛，他老人家也樂得省心，太子便被安安穩穩地接回了東宮。

一回宮便趕緊召了御醫來為太子診治，不過御醫人選卻是太子自己親口點的，眾人都以為太子看病挑人，實際他卻是有自己的打算。

御醫來後，太子將所有人都遣了出去，連剛結成聯盟的太子妃也不例外。他是要從御醫那裡要一些藥，曾經用來給喬小扇的藥便是從他這裡得來的，不過如今他要對付的是太子妃……

與此同時，胡府已經籠罩在一片深沈殺氣中。

段衍之於子夜之後出發，卻沒想到胡府一直戒備森嚴，二十餘人剛翻過牆頭，對方的弓弩已經近在咫尺。

這段時期，兩方都早已做了十足的準備。

不過本來就準備好了要打一場硬仗，段衍之也早就有了安排，一行人並不慌張，當即便持劍迎了上去。

這二十人都是高手，對付普通的家丁護院自不在話下，加之事情緊急，段衍之下的都是一擊必殺的指令，所以動作亦乾淨迅捷至極，不過一炷香的時間，便已經將前院所有障礙一掃而空。

段衍之負手而立，並未動手，他在等，等那傳聞中早就對他虎視眈眈的一十八位江湖高手。

前廳忽而亮起燭火，大門被打開，緊接著胡寬一身朝服從中走了出來。一眼看到院中四散的屍首，他皺了一下眉，臉色微白，卻還是很快就穩住了心神，看向段衍之和他身邊的二十道黑影。

「世子終於到了。」

「看來胡大人已經等在下等得不耐煩了。」

胡寬冷笑了一聲。「我倒是希望世子永遠都不要出現於寒舍，奈何世子不允。」

話音未落，他的身後一陣細微響動，依次從前廳裡走出一十八人，有不少倒是熟悉面孔。

段衍之想起當初那場猶如身處地獄的戰鬥，嘴角冷冷一笑。

「胡大人的眼線果然厲害，竟將在下何時行動掌握得一清二楚。」

「世子說笑了，若說眼線，老夫焉能與世子相比？世子可是已經接連砍去了老夫的左膀右臂呢！」

段衍之笑而不語。

對面有一個白衣公子輕搖摺扇自胡寬身後走了出來。「原來這就是叱吒風雲的青雲派宗主？

嗤，看上去不過是個粉面郎罷咯！」

段衍之身邊黑影一動，已經有人忍不住要衝上去，被他抬手攔下。他藉著廊前燈火看到白衣公子腰間的一個「唐」字玉珮，眼神一暗，黑雲翻滾不息，臉色也陰沈了下來。「原來是四川唐門的公子。令尊為何沒來？」

唐公子的父親當然不能來，當初那一戰，他已被段衍之斬去雙臂、挑斷腳筋，怎麼可能前來？只是這樣丟人的事情，唐老爺子是不可能將事實真相告訴自己兒子的，一直以來只說自己因試煉新毒而導致筋脈受損。所以此時的唐公子不知者無畏，根本不知道眼前的段衍之有多可怖，雖然知曉唐門當初毒死了段衍之的父親，竟也不以為意，還是一副高傲之態。

「對付你還用不著家父出手，本少爺即可。」

一邊的智一大師閉了閉眼，嘆息著呼了聲。「阿彌陀佛……」

段衍之嘴角的冷笑越發明顯。好得很，想不到還能遇到宿仇。以前沒殺了他父親便是為了讓他多受些折磨，如今倒是可以添上他兒子，讓他一家人都嚐嚐他與母親的痛苦，嚐嚐他祖父白髮人送黑髮人的痛苦。

「且慢！」眼見段衍之有動手的意圖，胡寬也忍不住有些緊張，慌忙抬手阻止，但轉眼瞄到段衍之眼中那嘲弄的眼神又忍不住有些氣惱。

他是官場中人，並未見識過真正的江湖慘鬥，但是近日來一直被智一大師說得心驚膽顫，此時見到段衍之便如同見了地獄裡的惡魔，生怕胡府會變成當初的京郊驛站。

胡寬咳了一聲，又恢復了當朝首輔的威儀。「老夫知曉世子來此的目的，但老夫並非善與之輩，這點世子應當很清楚，所以要想從老夫手中奪得你要的東西，怕是很難。」

段衍之微抬下巴，神情睥睨，此刻他再也不是平時溫和俊雅的侯府世子，而是笑傲江湖、劍指天下的一派宗主。

「胡大人……莫非是在恐嚇在下？」

胡寬避開他凌厲的視線，冷哼一聲。「老夫只是不希望世子妄動干戈還得不到好處罷了。」

「早知你要說的是這等廢話，在下便直接動手了。」

胡寬心驚了一下，他竟然一點都不遲疑？這裡畢竟是一朝首輔的府邸，他只帶了二十人，憑什麼這麼有把握？

段衍之看到他的神情，心中反而十分滿意。前些日子喬小扇還與他說胡寬此等久處廟堂之人最擅長使用虛實之招，果不其然。剛才那話無非是讓他心中生疑從而產生退意，而他不為所動，便又讓對方自己心神不寧了。

雖然是詭計多端的老狐狸，胡寬終究對江湖存在著一絲畏懼，因此行動之間便有些投鼠忌器，使了攻心之術也會反受其噬。智一大師斜睨他一眼，輕輕搖頭，又呼了一聲佛號。

段衍之掃了幾人一眼，輕輕抬袖，伸手朝胡寬身邊的唐公子一指。「不如，先從唐大少爺開始如何？」

唐公子冷笑一聲，唰的一把收起摺扇，翩然躍至中央。「本少爺還怕你不成？」

段衍之微一頷首，左手負於身後，虛抬了一下右手。「似乎在下癡長唐大少爺幾歲，在下不願以大欺小，便請唐少爺先動手吧，在下可以讓你十招。」

唐公子聞言臉色一變，不服氣地道：「你憑什麼讓我？看不起我？」眼神瞄到段衍之空空如也的雙手，他的臉色越發不好。「哼，連劍都沒拿，還真是小看了本少爺了！」

「在下並非看不起唐少爺，只是在下武學所精便在於劍之一道，在下是怕傷了唐少爺罷了。」

唐公子氣得臉色一陣青、一陣白，抬手從懷間一把抓出一只錦囊扔在地上。「本少爺所精在於用毒，今日也不用了，怕傷了你！」

胡寬身邊的江湖人士聞言俱是一驚，連一貫沈穩的智一大師都皺起了眉。

胡寬心中也是一陣失望，唐公子果然是太年輕了，這般一激便輕易將自己置於險境了。雖然唐門下毒的招數是陰招，但對付段衍之這樣已臻化境的高手，也許已是唯一的辦法，而此時，段衍之的危機已然在幾句話下悄然解除。

果然是個詭計多端的對手！

段衍之聞言，眼中閃過一絲狡黠，笑著點了點頭。「那便請吧。」

唐公子立即飛身而上，手中摺扇一展，扇邊化為利刃，直取段衍之咽喉。

段衍之側首讓開，額前一縷碎髮被餘勁斬斷。

唐公子見狀，心中得意，攻勢也越發猛烈起來，甚至已經計劃好了要在百十招內就將其斬殺。

周圍圍觀的眾人都是屏息凝神，大部分卻是奇怪，因為段衍之到現在還是只守不攻，似乎十分被動，而唐公子已然凌厲地進攻了快十招。

難不成段衍之真的要讓他十招？

果不其然，大約過了十招，段衍之便變了身法，動作迅捷起來。

唐公子幾乎都未曾看清他的動作，便覺胸口猛地一痛，已經被他拍了一掌，接連退後幾步才站穩，體內真氣一陣亂走，喉間一甜，勉強忍住才沒吐出血來。

他怎堪受此大辱？當即以扇作兵器，又迅速地襲了過來，隨之而來的還有數枚暗器。

其他江湖人士都有些恍然，早就知道唐門中人狠毒至極，雖然交出了毒藥，還不是留著淬毒的暗器？

段衍之身形巋然不動，卻精準地接住了襲來的暗器，不過唐公子的扇子也緊隨而至。

觀戰之人盡皆愣住，這中間的時間間隔太短，而段衍之剛才耗費時間去接暗器，恐怕無法避開，必將殞命！

然而唐公子的扇子卻在段衍之面門幾寸處生生停下，無法再進半分。

眾人愕然，仔細看去才發現段衍之僅以兩指托住唐公子的手腕，卻讓他根本無法動彈。而唐公子胸前的白衣已然沾上血跡，那兩枚暗器正左右嵌在他自己的身上！

段衍之撤手，後退一步，對唐公子淡淡道：「你敗了。」

唐公子這才回神去看自己身上，臉色一陣發白，連退數步，接著便慌忙伸手去懷中摸解藥。

胡寬手心浮出一層細汗，剛才他根本沒看到段衍之的動作便已經有了這樣的結果，下面還不知道有什麼可怕的事情發生！

他心中一慌，直接對身邊的眾位江湖人士揮手道：「你們都上！一起上！」

其餘眾人對剛才一幕也覺震撼，的確不願再單獨與段衍之交手，當即便都紛紛衝了上去。

只有智一大師仍舊留在原地，轉頭意味深長地看了一眼胡寬，低聲道：「怕是首輔大人今日有幸能見到當初京郊驛站的一幕了。」

第五十三章

耳邊忽然傳來一聲慘叫，胡寬原就被智一大師說得心驚，聽聞此聲便直接被嚇得倒退了一步，轉眼看去，唐公子已然毒發身亡，圍住段衍之的十六人也都個個面露恐懼。

人心一旦有了恐懼，便會有破綻。

段衍之面帶微笑，渾身氣勢宛如無波瀚海，恍若一旦平靜被打破便會掀起的滔天巨浪，摧枯拉朽，勢不可當。

兩方對峙了一陣後，他抬起右手，對身後道：「劍。」

一柄長劍應聲落入其手間，發出一聲鏗然低吟，十六人均不自覺地齊齊後退了一步。

段衍之抬眼看向前廳門口已然有些站不住的胡寬，笑道：「首輔大人莫要驚慌，以今時今日首輔府上的境況，可比當初的將軍府要好多了，畢竟在下不是嗜殺之輩，並不打算將你滿門屠盡。」

胡寬的手指抖了一下，冷哼道：「世子太過猖狂了些，待會兒出不出得去還未可知！」

「大人以為還有人來救你不成？」段衍之勾唇。「太子妃？還是你府上不堪一擊的護院？」

胡寬聽他提到自己女兒，神情總算又再度穩住。「世子所言甚是，如今東宮已在太子妃掌控之中，她時刻監視著胡府動靜，恐怕不過片刻便會有禁軍前來。」

「喔？」段衍之冷笑，應該是如今太子妃的舉動都在他的掌控中才是，他正是看準了她最近忙於與太子合作才提前了行動，怎會擔心這層？不過胡寬這麼說了，他也就順著這話接了一句。

「如此說來，那在下得加快速度了。」

胡寬臉色大變，眼前白光一閃，十六人中已有人浴血倒地。像智一大師說的那樣，他終於見識到了段衍之邪佞的一面。

幾乎無人知曉他是何時拔的劍，只看到刀光劍影下一道白影來去迅速，完全看不出章法和痕跡，每一招、每一式都簡潔凌厲又雷霆萬鈞。

這十幾人倒也不算弱，勝在人多，雙方一時纏鬥得難分難解。

胡寬見機不妙，趕忙喚人來幫忙，頃刻間原先他安排隱藏在暗處的府中護院們統統現身，直撲段衍之。

一直未見動作的二十位黑衣人當即迎了上前，前院頓時陷入激戰，刀劍齊鳴，哀號慘叫不斷。

智一大師抬頭看了看那輪孤月，垂眼撚著佛珠低聲唸經禱告。

「大師，您倒是去幫忙啊！」胡寬見他這樣，沈不住氣了。

「心不動，塵世不動。大人何須如此急躁？」

胡寬挫敗地嘆了口氣，轉頭去看段衍之那邊。自己的護院已經被黑衣人除去大半，與段衍之纏鬥的十幾人也損失了幾人，而段衍之除了白衣上染了一些血跡，幾乎一切照舊。

「青雲公子的武藝比起兩年前，倒是越發精進了。」

智一大師的話讓胡寬心中一涼，捏緊了手心。難道自己一生心血才得來的權勢就要在今日敗在他手中？幾乎是同時，他突然作了個決定，要去書房將那些證據統統毀掉，屆時即使被抓，也可脫身。

然而腳步剛剛邁動，段衍之冰冷的聲音便清晰地傳來——

「首輔大人若是敢毀去證據，那在下便讓胡府變成當年的大將軍府！」

胡寬渾身一冷，頓住了步子。

天上孤月漸隱，已到了黎明前最黑暗的時刻，胡府前院濃重的血腥之氣瀰漫，後院隱隱有聽見動靜的家眷婢女嚇得低聲啜泣，在這樣的環境裡聽來尤為森寒。

胡寬府上的護院一批接一批的上前，二十名黑衣人竭力抵擋，最後將他們斬殺殆盡之時，已然折損了兩人，還有幾人也受了傷，不過如此總算是去了胡寬的後路。

前院堆積的屍體慘不忍睹，智一大師腦中時不時地回想起兩年前的惡戰，只有繼續唸經誦佛才能忍住內心的哀慟。

段衍之到底還是受了傷，眾人夾攻，連戰數個時辰，精神連續處於緊繃之中，自然不能完全躲避偷襲。他的白衣後背已被劃開數道，渾身都染了血漬，而他此時唯一慶幸的竟是今日幸好未穿喬小扇做的那件衣裳。

雖然身處戰場，想到喬小扇，他還是忍不住心中一陣柔軟。

不同於兩年前的那一戰，彼時只覺萬物都已棄他而去，世間顏色盡褪，再無風景，所以無畏無懼，即使一死也無妨。而如今的他有了牽掛，雖然以一擋十，卻也知曉要盡力保護自己，絕對要完完整整地去見喬小扇。

今日之後，大事若成，塵埃落定，他便可以放下一切，帶她遠走高飛，從此再不過問這些明爭暗鬥。

一念至此，他已有些遲緩的動作忽而又迅疾起來，劍法生風，連殺數人。眼睛似乎都已經有些血紅，彷彿又回到了兩年前。若是可以，他希望此生永遠不要再這樣揮劍，更希望永遠都不要再想起那些過往。

最後一劍揮出，身前唯一站立的人一分為二，血霧瀰漫，噴灑了他一身。

四周一陣詭異的安靜。

他提劍越過重重屍體，朝胡寬走近。

「大師！大師，快些阻止他啊——」生死關頭，胡寬早已沒了先前的冷靜，拚命地朝智一大師身後躲避。

前。

「阿彌陀佛，青雲公子何苦如此，冤冤相報何時了？」智一大師上前一步，擋在段衍之跟

「大師是世外高人，塵俗之事自然看得極淡，但因世間恩怨分明才有德行倫常，若僅以這一句便化解了一切，那當初將軍府的慘案誰來昭雪？那些蒙古貴族枉死的冤魂又有誰來超渡？」段衍之沈聲道：「這不是冤冤相報，而是以正壓邪，撥亂反正。」

智一大師一時竟不知該做何反駁，嘆息道：「那貧僧只好領教一二了。」

原本以為段衍之會應聲出戰，誰知他一言不發，隨即反而一把將手中長劍插在了地上，劍身上的血跡頓時蜿蜒而下，融入地面。

智一大師和胡寬都有些愕然，就見他抬袖對智一大師拱了拱手道：「大師，在下有一句話要說，若是說完大師仍舊執意一戰，那在下自當奉陪到底。」

智一大師微微一愣，抬手道：「公子請說。」

「俠之大者，為國為民。武之精粹，實為止戈。」

短短十六字，卻讓智一大師渾身一震。

武之精粹，實為止戈。

想不到他一個修行多年的僧人竟還不如身處俗世之人看得通透。當初那件事情本就是他們有錯，如今豈可一錯再錯？

不是段衍之在步步進逼，倒是他們一直執迷不悟了。

智一大師看向段衍之的雙眼，黑如幽潭，深不可測，根本無法窺其內心，然於武一道，只這一句，怕是百年之內，也難有人出其右了。

「阿彌陀佛……」智一大師雙手合十，剛才一瞬間顯露的殺氣盡斂。「青雲公子所言甚是，是貧僧執念了。」他轉頭看了一眼胡寬，搖了搖頭，側身讓開，閉目唸經，再不過問。

胡寬悚然，一時僵在原地，竟不知該作何應對。

段衍之抬眼對他淡淡一笑，卻對身邊的黑衣人沈聲吩咐道：「即刻搜查，天亮前務必查找出證據！」

黑衣人聞言朝他抱拳行了一禮，而後迅速朝府中各處掠去。

段衍之緩步走上臺階，對已經渾身虛軟的胡寬笑道：「大人受驚了，還是好好休息一番，等待進宮面聖吧。」說完他抬眼看向天際，已經隱隱透出魚肚白，天就要亮了。

不知他娘子這一晚睡得可好？

證據是在胡寬書房的暗格裡找到的。天剛黎明，段衍之派人拿了自己的權杖去宮中報信，很快便有禁軍來接手了胡府。

胡寬被押走時滿面頹然，彷彿一夕之間老了數十歲。他想過自己可能會有這樣一日，卻沒想到是以如此慘烈的方式，恐怕是上天對他當初惡行的懲罰吧？他搖著頭苦笑，笑到最後卻又老淚縱橫，失態至極。

智一大師早已離去，段衍之也取得了證據，卻並未將之交給皇帝，反而聲稱還在尋找，暗中卻帶著證據去找了太子。

按照約定，他要拿這些證據去交給太子，太子得功勞，他得解藥。

交出證據的一瞬，段衍之認為自己看到了此生太子最為精彩的表情。

那是一種說不出的挫敗感，卻又帶著一絲欣喜，複雜又彆扭，卻極為真實。

這般忙完已經是日上三竿了，好在他渾身污濁不堪，皇帝才准他早些返回，不然恐怕還要再等上一段時間。然而他卻不想等了，如同丟開了巨大的包袱，現在他渾身輕鬆，只想早些見到喬小扇。

回到府中，他先叫巴烏去撫恤昨晚不幸殞命的隨從家屬，這才拖著一身傷勢去沐浴更衣。這種樣子，可千萬不能被喬小扇看見。

沐浴完，給自己上了藥，又穿戴整齊，總算一切照舊，段衍之這才趕往住處。喬小扇一向喜靜，此時應當在院中看書或者是侍弄花草，大致是擺弄些打發時間的無趣玩意兒吧。

想到這點，他的嘴角忍不住微微揚起。雖然無趣，卻是一種難得的平靜，以後總算可以永遠享受這種平靜了。

推門而入，院中花草照舊，但此時在他眼中看來卻似乎比往日都要鮮活許多，就是說美不勝收也不為過，果然是心境不同了。

然而等他走到房門口卻察覺到有些不對，似乎安靜得過頭了。

推門而入，一室清冷，屋中根本半個人影也沒有。

段衍之微微一愣，連忙從外室到內室都找了一遍，口中連聲呼喚也未找到喬小扇。他正思索著是不是她去陪祖父和母親了，眼睛瞄到梳妝盒上的一個信封，趕忙走過去拿起來一看，收件人居然是他，落款正是喬小扇。

段衍之心中劃過一絲不安，慌忙拆開信件，展開匆匆瀏覽了一遍後，手臂無力地垂了下來。

喬小扇走了。

第五十四章

因為知曉段衍之要拿爵位去換解藥，所以喬小扇走了。

並非是覺得爵位對段衍之重要，而是她瞭解太子，一旦占了功勳，地位穩固，免不得就會對段衍之動手。段衍之為了解藥，屆時必然會束手束腳，任人魚肉。她不想成為妨礙段衍之和整個侯府安危的籌碼。

門被「咿呀」一聲推開，巴烏走了進來，見段衍之手裡拿著一張信紙背對著自己，也沒發現異樣，便自顧自地稟報道：「公子，事情已然處理好了，請公子放心。」

等了一會兒未得段衍之回應，巴烏這才覺得奇怪，不過很快又想起一件事，忙又補充道：「對了，少夫人昨夜叫屬下帶句話給您——」

話音驀地頓住，因為段衍之忽然轉過身來緊緊盯著他，神情激動。「她昨夜跟你說什麼了？」

巴烏被他的模樣嚇了一跳，愣了愣才回過神來，待轉念想到喬小扇的話，臉上又帶起了笑容。「少夫人說了，叫公子好好保重，早日抽身事外，她跟小公子會等著您的。真是恭喜公子了！」

「什麼小公子？」段衍之一臉疑惑。

巴烏頓時面露鄙夷。「您的兒子啊！」

段衍之一怔，不敢置信地看著他。「你說真的？她真這麼說？」

「是啊！少夫人說得您好像多危險似的，其實屬下是完全相信公子能力的，胡府算什麼？皇宮咱也照闖不誤啊——」

段衍之抬手打斷了他的恭維，閉眼平息了一下凌亂的心緒，才算釐清了現狀。

他突然明白喬小扇為何一定要叫他在行動之前去見她了，想必她原本是要那時離開的，那也許連胡府的行動也不會有了。

此時想來，她當時說讓他放棄翻案、抽身事外的話竟是認真的。她終究還是不忍他冒險，只是他又何嘗放心她就這樣離開？

「今日少夫人是何時出的院子？」段衍之收斂心緒，開始準備找人。

巴烏想了一下，回道：「一早吧，她起身去向老侯爺和夫人問安，之後屬下便沒有見過她了。」

段衍之頓時心中一陣煩躁。「難不成你們沒人注意到她出府？」

「啊？」巴烏驚愕。「少夫人出府了？」

「罷了！」段衍之氣悶地揮了一下手。「當務之急是要找人，你在內城中尋找，我出外城去。」

巴烏趕忙點頭，他有保護小公子安危的重要職責啊！

剛要出門，突然有人來報——

「世子，陛下請您帶著將軍府遺孤即刻進宮。」

京城南郊外，一人一馬緩緩而行。

天色將暮，是時候找個地方歇腳了。喬小扇扯緊身上的斗篷領口，眼神四處打量掃視著周圍的環境。荒郊野外，看來很難有個舒適的庇身之所，好在此時已值暮春，天氣不冷。

四下掃視了一圈之後，一眼看到前方數十丈處有一行人駕車而來，且個個都是男子。她乾脆將帽子戴了起來，遮住了半張臉，只露出一雙淡然雙眸，繼而退到一側，靜靜地等待那群人經過。

一行大概有十幾人，中間是輛精緻華貴的馬車，前方幾人騎馬開道，後方幾人負責殿後，俱是布衣打扮。喬小扇本沒有多加注意，只是因為如今武功被身上藥力禁錮，所以不願惹來什麼麻煩，只希望這行人早些過去，然而眼神轉到趕車的小廝身上時，卻不覺愣了一下。

似有些眼熟，在哪兒見過來著？

她正皺著眉思索著，馬車忽然停了下來，接著車窗上的簾子被挑開，露出一張精緻又微帶冷漠的臉。

「原來是嫂夫人，許久不見了。」

喬小扇微微一怔，不可思議地看著他，竟然是在天水鎮有過一面之緣的尹大公子，沒想到會在這裡遇見。

「尹大公子有禮。」喬小扇還從未問過段衍之他們之間的關係，此時心中也在暗自盤算著要如何蒙混過去。

然而尹子墨狹長的眸子只是在她身上轉悠了一圈，臉上便露出了一絲瞭然之色。「嫂夫人這是準備離家出走？」

喬小扇有些無奈，她聽說過這位尹大公子乃是天下首富的當家，這般精明的生意人，最是會察言觀色，自己現在這情形，想瞞過去也確實困難。

好在這條路是可以通往天水鎮的，她想了想，抬眼道：「不是，只是回趟娘家罷了。」

「看來是那隻段狐狸欺負嫂夫人了。」

尹子墨嘴角半含笑意，眼神卻帶著一絲看好戲的表情。

喬小扇其實完全弄不清楚他的態度，對他的印象還停留在他可能跟段衍之有「感情糾葛」上，但看他對自己似很尊重，毫無敵意，又有些奇怪。

見喬小扇不回答，還一直奇怪地審視著自己，尹子墨看了看天色，淡笑著道：「嫂夫人若是無處可去，可隨在下回尹府。」

「這……」喬小扇踟躕，她本就要離開京城的，豈能再回去？

「嫂夫人一點都不擔心那隻狐狸的安危嗎？」

忽來的一句話讓喬小扇不可思議地看向尹子墨，甚至忍不住走近了兩步。「你知道些什麼？」

尹子墨微微一笑，對她言語間突來的懷疑毫不介意。「在下幾月前曾透露過一個消息給段大世子，之後定安侯府便接連發生了許多事情，更甚至還有了嫂夫人已然辭世的傳聞，所以在下便稍微關注了一下。」

後面的話已經不用說下去了，憑他的地位身分，說是稍微關注了一下，肯定是知曉了許多了，難怪會知道段衍之可能會有危險。

喬小扇暗中思忖了一番後，點了點頭。

待登上馬車之後，她終於將心裡的疑惑問了出來。「你這麼做是在幫段衍之？可我看你似乎很不喜歡他。」

尹子墨毫不遲疑地點頭。「是不喜歡他，但他是在下唯一值得深交的朋友。」

這句話看似矛盾，尹子墨卻說得極其自然。

喬小扇不太相信，值得深交的話……那到底是有沒有感情糾葛？

尹子墨轉眼看到喬小扇眼中那意味不明的探尋，以為她是懷疑自己的話，便又補充了一句。

「為人在世，交友不是浮於表面，而是貴在交心，那隻狐狸是我平生唯一可以稱為對手的人，所以我不喜歡他，但若是他都不在了，我也就孤單了。有些地方，其實我與他很像。」

「貴在交心……此言不虛。」喬小扇想起太子一事，不免感慨。

段衍之本與太子一向親厚，最後卻被他要脅利用，舊誼不復。而一向看上去與他過不去又往來不繁的尹子墨卻還暗中關注著他的情形，也許還幫了一些忙也說不定。

人與人之間，果真不可浮於表面。

馬車重新又進入了城門，尹子墨忽然道：「嫂夫人可知在下此行昨夜就出了城？」

喬小扇不解地看著他，不明白他為何有此一問。

「昨夜在下出城，自首輔大人府門經過，血腥味濃，刀劍齊鳴，好不熱鬧。」

「然後呢？」喬小扇的臉色有些發白，雖然知道段衍之武功高強，可是畢竟有一幫武林高手在，她還是很擔心。

尹子墨掃了她一眼，挑了挑眉。「然後在下便出城了，所以這個時候正打算回去打聽一下段大世子是否還安好呢。」

喬小扇不禁有些氣悶，他這話是故意說來讓她放心不下的吧？

馬車進入城中鬧市區，夕陽隱去，繁華微褪。

喬小扇突然聽到一道熟悉的聲音，抬手自窗邊揭開簾子一看，果真是巴烏。他正騎在馬上，一臉焦急地四下打量著，周圍還跟著定安侯府的家丁。四下掃視了一圈，並沒有發現段衍之，因剛才尹子墨那番話激起的擔憂不禁開始在喬小扇心裡氾濫。

「嫂夫人臉色似有些不好，待到了尹家，還是喚個大夫來瞧瞧吧。」

尹子墨忽而出聲，打斷了喬小扇的思緒。

剛好巴烏的眼神掃了過來，她連忙放下了簾子。

「無礙，有勞尹大公子關心。」

尹子墨不置可否的一笑，卻掀開簾子囑咐加快些速度。

喬小扇隨他進入尹府時，天色已經完全黑透，尹家大宅裡掌了燈籠，沿迴廊照了一路，極其明亮。

尹子墨帶著喬小扇一路沿著迴廊左拐右拐，卻沒有說要帶她去哪兒。一直到進了一間院子，主屋裡傳出一道女子的聲音，喬小扇這才驚醒，莫非是到了他自己居住的地方了？

果不其然，推門進屋，便見一女子軟軟地臥於榻上，面貌清秀可人，眼神靈動，一看就是個活潑的女子。雖然做了婦人打扮，卻年紀很小，看上去大概只有十六、七歲，不過好像有些虛弱，正手腕搭在榻邊，由一位大夫把脈。

瞧見尹子墨進屋，女子抬眼看了過來，接著又快快地垂了眼，有氣無力的招呼了一句。「回來了？」

尹子墨也不在意，走近榻邊坐下，握了她的手道：「怎樣？今日可覺得好些了？」

「不好！都說了我還未成年，不能懷孕，你偏不聽！」

喬小扇並未走近，只在屏風旁站著，聽到這話不禁一愣，這才去看女子的肚子。都已經顯懷得很明顯了，看樣子至少也該有五、六個月了吧？

尹子墨聞言只是笑，與先前在馬車中略帶清冷疏離的笑容截然不同，看來這對夫妻感情很好。見到這情景，喬小扇不禁撫了撫自己的小腹，她與段衍之若是也能這般平靜的等待一個生命的降生就好了。

「徐大夫，這位是我遠親，姓喬，請您也幫她看看吧。」

喬小扇忽地被尹子墨的話打斷思緒，抬眼看去，先前在為他夫人把脈的老大夫已經起身朝她走來，隨之而來的還有尹子墨夫人那探尋的目光。

「喲，不錯嘛，出去一趟收穫不小，你什麼時候多了這麼個漂亮的遠親了啊？」

聽出女子話中的醋意，喬小扇不禁有些尷尬，只有將視線投向尹子墨，示意他解釋一番。

然而尹子墨卻什麼也不說，只是看著他的娘子笑，笑得兩個女人都想抽他……

第五十五章

東宮之中已然亂作一團。

太子妃得知了父親被捕入獄的消息後，立即衝過去找太子，卻被攔在了房外。最後怒氣無處可發的她將東宮的東西能摔的都摔了個遍，嚇得所有的宮人都不敢近身。

可能是太子的迴避行為激怒了她，等到晚上的時候，太子妃終於還是忍不住衝進了太子的書房。

眼見避無可避，太子只好遣退了左右侍從。

「愛妃有事？」

太子妃聞言差點沒笑出聲來。「你居然問我是不是有事？」她的家族依靠已然一夕之間轟然倒塌，他卻不聞不問，看來此事他也脫不了干係！

太子妃上前一步，狠狠盯著他。「殿下既然已經答應與我合作，為何會任由段衍之進入胡府肆意妄為？」

太子眼角微挑，嘴角露出一抹嘲諷的笑意。「段衍之自有他的本事，如何進入胡府，本宮根本一點也不知曉。」

「一點也不知曉？」太子妃冷笑。「你以為我會傻到相信段衍之僅憑那幾個江湖人士就拿下胡府了嗎？」

太子只是不置可否的一笑，走到書桌後坐下，不言不語。

太子妃這一日遭受的打擊已經夠大，被他這模樣一激，再也沒了平日端莊的模樣，上前一把將他案上的筆墨紙硯全掃到了地上，帶出一陣巨大的響動。

太子皺了皺眉，聲音中有了怒氣。「妳這是做什麼？」

「該問這話的是我！你如今不聞不問，是不打算救我父親了是嗎？你可別忘了，你已經答應了要與我合作！」

「岳父大人作惡多端，我若救他才是不該呢。」太子笑得意味不明。「本宮答應與妳合作的話，也只有妳自己會相信，反正本宮自己從未相信過。」

「你！」太子妃氣結，臉脹得通紅。

太子悠悠然起身，踱著步子到她身後，故意湊近她耳邊道：「本宮最討厭自作聰明的女子，既無那本事，又何必強求那權勢？」

太子妃氣得渾身發抖，手腳冰涼一片，恨不能轉身狠狠地搧他一巴掌，然而還沒來得及做出任何回應，胸口忽而一陣劇痛，讓她不自禁地彎下了腰，額頭冒出冷汗，忍不住呻吟出聲。

「喔，倒是忘了提醒愛妃了，生氣可要不得，弄不好會讓妳早些丟了性命的。」太子抱著胳膊，面無表情地看著她。

「你……你對我做了什麼？」太子妃捂著胸口，緩緩跪倒在地，臉色慘白一片，緊咬著唇才沒疼得叫出聲來。

「愛妃一向自認聰慧，不會不知道自己是怎麼回事吧？」太子轉身朝外走去，看也不看她。

「還是放下妳的野心，好好享受最後一段時日吧！」

太子妃雙目大睜，不敢置信地看著他。人說一夜夫妻百日恩，他居然這般絕情！好，好得很！

「啪」的一聲脆響，似是杯子被摔在了地上，太子疑惑地轉身，只感到面前人影一閃，冰涼的觸感自頸邊劃過，待感到疼痛時，鼻尖已經瀰漫起一陣血腥之氣。

「來人！」他一手捂著頸邊，一手拉開門奔了出去。「給本宮把這個瘋女人關起來！」

宮人侍衛凌亂的腳步聲很快就響起，太子妃倚在門邊，手中捏著一片碎瓷片，蒼白的面容上浮出一絲笑容，淒哀絕望。

太子停在幾步之外，看著她虛軟著身子被侍衛架出門去，眼中微微閃過一絲複雜之色。昔日富貴園中的嬌貴牡丹早已破敗凋零，落花流水，權作浮雲勢已空。

經過他身邊時，太子妃忽而轉頭看了他一眼，眼神空洞。「如果喬小扇是胡府之女，你會這般對她嗎？」

「本宮這般對妳不是因為妳是胡寬之女，而是因為妳本身太過貪婪僭越。」太子揮手擋開欲為他察看傷勢的太監，神情平淡地看著她。「怪只怪妳我皆為絕情之人，不過本宮會在之後的日子善待妳的。」

太子妃笑了起來。皆為絕情之人？哼……

「如此真是多謝殿下恩典了……」

御書房內，段衍之帶著喬小刀恭恭敬敬地跪在御案下方。

皇帝陛下的眼神掃過喬小刀，看向段衍之時，染上了一層深意。「這麼快便能將人接來，你根本就沒有將她送回天水鎮吧？」

「陛下英明，雲雨的確沒有將她送回天水鎮。」段衍之抬起頭來，眼卻始終垂著，叫人看不出其中意味。「若是真將她送回了天水鎮，恐怕此時她也無法前來見陛下了。」

沒有將喬小刀送回天水鎮，那麼便是一直將之藏匿於京中了。就在眼皮底下都讓胡寬找不到人，果然勢力不容小覷。皇帝抿著唇緊盯著段衍之，這樣的人物難怪太子會忌憚。

「起來吧。」皇帝揮了揮手，遣退了身邊的侍從，眼神仍舊落在段衍之身上。「雲雨，朕問你，前段時間你與太子之間發生了什麼矛盾？」

段衍之輕輕抬眼看了一眼端坐在上方的明黃人影，又很快垂下眼簾，心中冷笑。果然是心機深沈的帝王，什麼矛盾豈能瞞得過他？當初喬小扇假死之時，他可是還幫著隱瞞來著，這會兒倒像是什麼都不知道一般了。既然皇帝都裝傻，他也跟著裝傻算了。

「啟稟陛下，雲雨與太子並無矛盾。」

「喔？」皇帝眼中精光畢露，根本不信，但也沒有追問下去，反而突然轉變了話題。「那你說說，太子可有治國之才？」

段衍之不禁一愣，他還真沒想到皇帝會問他這個問題。太子有沒有治國之才，問他這個外人做什麼？說到底還是在試探他罷了。

帝王之家果然是沒有信任的。想要敷衍過去顯然不可能，段衍之只有據實回答。「太子天縱英才，只是至今還未明白一個道理。」

皇帝來了興趣。「什麼道理？」

段衍之看了他一眼，斟酌了一下才道：「疑人不用，用人不疑。」

這句話不僅是說給太子的，也是說給眼前的帝王聽。

皇帝自然聽出了他的弦外之音，也不再拐彎抹角，直接道：「以你的心智，難怪太子會對你猜忌。」

「陛下謬讚，那是處理小事，若是國家大事，雲雨自然無法與陛下和太子相提並論。」

皇帝眉頭微挑。「此次你扳倒胡家，立下大功，待朕冊封你正式官職，便可接觸國家大事了不是嗎？」

段衍之一掀衣襬，跪倒在地。「皇恩浩蕩，雲雨愧不敢當，其實雲雨正打算向陛下請求撤去定安侯世襲爵位。」

「什麼？」皇帝聞言愣住，連一直在旁邊聽得雲裡霧裡的喬小刀也呆住了。

拜託啊姊夫，最近一直被嚴密看守著的是我啊，我還沒瘋，你倒先瘋了?!

段衍之見皇帝似不相信，又一拜到底。「定安侯府不過閒散侯爵，蓋因助太祖開國有功而存於如今，時過境遷，封蔭當留於有功重臣，而非雲雨這般無才無能之輩。」

話音未止，殿門外忽然響起太監的唱名聲——

「太子到——」

太子頸上的傷早已包紮好，還特地拉高了領子遮擋了起來。

他舉步走入，似有些匆忙，未及向皇帝行禮便吃驚地道：「剛才聽見雲雨說要辭去爵位，莫不是本宮聽錯了？」

來的真是時候。

皇帝其實巴不得早些削去定安侯府的爵位，但是此次段衍之立了大功也是事實。雖然證據是太子交上來的，他可以當作什麼都不知道地免除他這條功勳，但沒有他的武力，也難以這麼直接快速地將胡家弄倒。

所以此時該做的樣子還是要做足。

「雲雨啊，定安侯爵乃是太祖所立，侯府更是世代忠良，朕怎能答應撤去這爵位呢？」

段衍之毫不動容，只是冷靜地與之對視，直到許久過去，忽而笑出聲來。「陛下所言甚是，那便請陛下莫要再給雲雨封官進爵了。雲雨資質愚鈍，難當大任，只願做個逍遙之人，萬望陛下恩准。」

皇帝深深地凝視著他垂著的眼瞼，彷彿在探究他這話是否真實，半晌才總算點了點頭。

「唉，好吧，朕允了你便是。」

語氣十分的嘆惋，眼神裡卻隱隱透出一絲放鬆。

第二日，聖旨下。

一是二十年前的滕大將軍府滅門慘案終於得以昭雪，喬小刀將軍府遺孤身分重現天日。皇帝冊封了頭銜，還準備留其於宮中照料，被後者婉拒，自願回到天水鎮過平靜生活。

二是關於太子妃一事嚴厲斥責了太子的過失，勒令其好生照顧「自殘」的太子妃。後者惶惶應下，父子倆一唱一和，將太子妃如今的慘狀說成了咎由自取還得到皇家憐憫，實在高明。

第三便是關於段衍之，皇帝只賣力嘉許了一番，賞金銀珠寶若干，卻未曾提過加官進爵一事，而段衍之本人則早已消失不見……

第五十六章

「尹大公子……」

房外忽然響起一位老者的聲音，尹子墨從書桌後抬起頭來，這才想起聲音的主人是他派去給喬小扇看病的徐大夫，趕緊請他進來，喬小扇緊隨其後進了房門。

尹子墨看了看她的神色，微帶疑惑地看向大夫。「如何？」

這位老大夫在民間可是數一數二的人物，就是稱作神醫也不為過。本來老人家早已隱居山林，也就是尹家大手筆，為了個待產的少夫人硬是把他老人家從深山裡給挖了出來。

此時聽到尹子墨問話，老神醫撚著白花花的鬍鬚，微皺眉頭。「老夫已然為喬夫人診過脈，喬夫人已懷有身孕一月有餘，體內則帶著抑制體力的藥物，雖不至於有毒，時間久了，恐也會對身子有害。」

尹子墨微微一怔，喬小扇懷了孕他倒是不驚訝，卻沒想到她還被下了藥。見喬小扇一臉平常，他才意識到喬小扇自己是知道的。

難道這就是她離開侯府的原因？

「既然如此，可有方法醫治？」

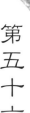

老大夫雖是醫界權威，然而此時卻著實沒有法子。「這藥老夫雖然見過，但因具體製藥分量不同，解藥也相對地要按劑量製作，所以恐怕只有拿到下藥之人給的解藥才能解決啊！」

尹子墨聞言頓時皺了皺眉。

喬小扇卻始終一副淡然的模樣，好似討論的對象根本不是她。

房門突然響起敲門聲。

「大少爺，去侯府打探消息的人回來了。」

尹子墨看了喬小扇一眼，起身準備出去聽消息，卻被她攔下。「有什麼話不必瞞著我，直接叫過來說便是。」

「也好。」尹子墨知道她也不可能耐得住性子，便朗聲朝外喚了一聲。「春生，你直接進來稟報吧。」

春生立即推門而入，這才發現屋裡人還挺多。

「侯府如今怎樣？」未等尹子墨問出口，喬小扇自己已經搶先發問。

春生看了看尹子墨，後者對他點了一下頭，他才開了口。「世子帶了一名女子剛回府，一切如常，但是侯府在他回去後就開始收拾東西，似乎準備要出遠門了。」

「收拾東西？」喬小扇微微一怔，那女子該是喬小刀，既然一切如常，那便是沒有問題了，可是為何突然要收拾東西？

「看來是要舉家去找嫂夫人了。」尹子墨勾著唇，似笑非笑。

喬小扇垂眼想了想。突然收拾起東西，可能是發生了什麼事情，還是自己親自去看看比較好。

正打算開口告辭，早已看出她心思的尹子墨對春生揮了揮手。

「去準備馬車，絨毯墊厚些，好生伺候著段夫人回去吧。」

喬小扇張了張嘴，最後只能道了一聲謝。

晚間的京城燈火輝煌，門市不閉。

出了尹府沿西北大街一直走便可到達定安侯府。途中經過一處巷子口，喬小扇發現裡面就是破敗不堪的前將軍府，忍不住多看了兩眼。

如今也算是塵埃落定了吧，父親在天之靈，也可得到告慰了。

過了鬧市，四周安靜下來，再也聽不到鼎沸的人聲，喬小扇知道還有片刻便可到達定安侯府宅邸了，而馬車卻在此時忽然停了下來。

接著只聽到外面傳來一聲痛呼聲，喬小扇揭開簾子去看，只看到一道陌生背影，馬車後方卻傳來春生的吶喊聲——

「段、段夫人，馬車被劫了！」

她吃了一驚，穩住心神，沈聲問道：「你是何人？」

誰知那人竟像根本沒有聽到問話一樣，理也不理她，只專心趕著馬車，不過已經不再是往定安侯府的方向。

喬小扇有孕在身，也不敢有什麼動作，只好耐著性子等待結果。

大概過了半炷香的時間馬車才停下，車簾被掀開，劫車的那人恭恭敬敬地對她做了個請的手勢。

喬小扇提起裙角下車，入眼便看見一段寒光閃爍的槍頭，一行禁軍分列兩邊，前方是高高的城牆。

一道白影立於城樓之上，俯視著她，燈火燦爛，卻看不清他的神情。

喬小扇微微苦笑，緩步拾階而上。

「我收到消息說妳已經離去，不曾想竟是真的。」

一襲白衣的人影自樓頭走來，如同當初在天水鎮初見吟誦「一扇清風灑面寒，應緣飛白在冰紈」時那般，笑得溫文爾雅。

「原來是鴻公子。」

太子既然自稱「我」，喬小扇便以他當初在天水鎮的化名稱呼他。

鴻，紅也，實為朱。其中自有深刻意義，只是鴻鵠之志，奈何折翼罷了。

不過既然能先段衍之一步截下她，也證明了他早就留了實力。

其實這場除去胡寬的爭鬥中，太子的勢力根本就沒有動用多少，也因此，喬小扇甚至不知道眼前的人是不是真的如同之前給人感覺的那般不濟。

「今日本公子得了一件寶物，不知世子妃可有心情一觀？」

「似乎我也沒有其他選擇了。」

「也是。」太子淡淡一笑，引著她朝城樓中央走去。「我還以為妳看見我就會離開呢。」

也許之前會，但如今得知他從未加害過她，終究還是有些不忍心吧。

隨著太子走到城樓中央，他抬手朝下方人群熙攘處一指。「妳看那是誰？」

喬小扇順著他指的方向看過去，微微一怔。

那是段衍之，跨於馬上，衣袂鼓舞，眼神四下觀望。

「是在找妳。今日他已然辭去侯爵之位，也從本宮手上得了解藥，準備帶妳遠走高飛了。」

喬小扇看向他，眸中光芒淺淡，不沾情緒。

太子回望她，一陣靜默，四周忽而沈寂，只有風聲拂過髮絲衣袂，帶出一些細微的響動。

「小扇，不管妳是否相信，我對妳的確是真心的……」太子的聲音蒼涼而輕淺，被風一吹便消散無形，好似從未說過。

幾個時辰之前，他還對太子妃說自己是絕情之人，可是現在他卻對眼前的人這般溫和柔情。

實在是個諷刺。

「是嗎？也許吧……」喬小扇淡淡地接了一句，眼神卻緊盯著下方馬上的人影。

太子身形一震，眼中微帶希冀之色。「那……妳可願隨我回宮？」

「不願。」

無論問多少次，依舊是斬釘截鐵、毫無片刻遲疑的回答。

太子自嘲地笑了笑，滿眼悲涼。「也罷，江山美人，總要有所取捨，罷了、罷了……」他擺了擺手，像是甩開了什麼重負，然而下一刻卻又忽然沈了臉色，轉身對身後的隨從道：「取勁弩來！」

輕便的弩箭很快便交到他手中，喬小扇皺了皺眉。「你拿這個做什麼？」

「這便是我要給妳看的寶物，朝中剛剛研發的良器，射程可達數里。」太子幽幽瞥她一眼，架上弩箭。

喬小扇很快就明白了他的用意，一把按住他的胳膊。「你想做什麼？」

太子笑了一下，說不清是嘲諷還是自嘲，手中的弩箭精準地對準段衍之的方向，轉頭看著她。「時至今日才知我始終比不上他，那好，我得不到，他也別想得到。妳可以怨我，但至少還會因此而記得我。」

喬小扇一愣，轉頭看了一眼那道身影。

似乎感受到了她的目光，他也轉頭看來，卻不知道是否看到了這高處的一幕。

「太子的意思我明白了。」她緩緩鬆開了手，退後一步，斂衽下拜。「我自會消失，不再見他。只望太子早登大寶，一展鴻志，今次一別，後會無期。」

「呵呵……」太子忍不住笑出聲來。「果真伉儷情深，一人願永不入朝，一人願永世隱居，好得很，好得很……」

手中的弩箭被重重地摔在地上，幾乎摔得粉碎，太子喘著氣背過身去。「走吧，走吧，你們都走吧！」

失去的不僅是他一廂情願的愛情，還有早已千瘡百孔的友誼。此後種種，只剩他一人獨享榮華，也只剩他一人獨承孤寂。

喬小扇再拜了拜，起身最後看了一眼那燈火闌珊處的馬上英姿，緩步朝下走去。

千山萬水滄桑過，自此與君長別離……

第五十七章

天水鎮往南二十幾里有處道觀，裡面住著幾個道姑，皆是貌美如花的年輕姑娘。因著住持道姑年邁，道觀又小又窮，這幾個女弟子便免不得受到周圍浪蕩男子的騷擾。

那是某個秋日，道觀中年紀最小的一清去山中砍柴，不慎被兩個賊子盯上，躲避不及，眼看著就要遭殃，清白不保。山道上卻突然殺出個武藝高強的女英雄，幾下便將兩個賊子給打跑了。

一清感其恩德，再三拜謝，卻見她那位恩人撫著胸口大口大口的喘息，好像動了武讓她體力不支，十分的吃不消一樣。而後喘著喘著，又忽然見她捂著肚子哎呀了一聲。

一清吃了一驚，慌忙詢問，只見她不好意思地笑了一下，柔聲道：「無妨，是我孩子踢我呢。」

聽說她孤身一人，又懷有身孕，一清趕忙請她入觀。道觀雖然清貧，但飯還是吃得飽的，瞧她這位恩人風塵僕僕的模樣，定然是趕路太急了，還是請她休息一下再說。

誰知這位女恩人竟然一來就不走了，找到住持欲言又止，半晌才道：「不知可否通融一下，讓我在此分娩之後再走？」

道觀裡的尼姑們犯了愁，這可怎麼好，清修之地，來個孕婦算是怎麼回事啊？還要生孩子，這……

一清見師父、師姊有些為難，不忍恩人在外受苦，但又說不上話，便指引著她去了道觀的後山。那裡有個廢舊的院落，收拾一下倒也能住人，這樣既可以與道觀中人相互照應，又解了師父的為難。

這下換成她恩人對她千恩萬謝了，臨離去時，恩人微笑著告訴她，她叫喬小扇。

這麼一住便是五、六個月，喬小扇的肚子漸漸大了，身子越發笨重，行動多有不便，一清便常去幫她劈柴擔水，儼然是個小幫手。偶爾有時她也會湊在她肚子前面聽動靜，奈何什麼也聽不見。

有一日她忽然問喬小扇。「喬姊姊，妳怎麼一個人懷著身孕還在外面呢？妳的相公呢？」

因為懷孕，喬小扇的脾氣越發溫和起來，比過往多了許多人情味，然而聽到這話時，卻是瞬間就變了臉色，嘴唇翕張半晌，終是沒有說出半個字來。

一清也挺聰明，意識到自己說的話可能觸及到了她的傷心事，從此再不敢問。

天氣漸漸寒冷起來，一清估摸著再不久可能要下大雪，便準備給喬小扇囤積一些柴火，讓她可以燒個熱火盆取個暖什麼的。哪知她在周圍搜集柴火的時候，竟發現有人鬼鬼祟祟的在周圍出沒，一直圍著院子轉悠，一看那模樣就知道是衝著院子裡的喬小扇來的。

一清不知道喬小扇得罪了什麼人，但是她此時身子重，武藝再高強怕也無法抵擋這些人，若是出什麼事可就糟了。

左思右想，還是將這事情告訴了喬小扇，讓她自己拿主意。

誰知喬小扇聽了之後半點驚訝也無，只是淡淡地笑了一下，安撫地拍了拍她的手背。

「放心吧，我早就發現了，沒事的。」

一清摸不著頭緒，也不好多問，只好憂慮重重地回道觀去了。

誰知等她過兩日再來，眼前的場景竟變了樣。

那院子前不知是誰動的手腳，短短兩日之內竟然蓋好了一幢木屋，就與喬小扇住的院落緊挨著，好似早已是熟悉的鄰居一般。

一清很好奇，走進院子前就一直朝那木屋中張望，誰知看了半天也沒看到個人。正在奇怪，忽然聽見裡面傳來兩人壓低的交談聲。

「她還是不肯來見我？」

「公子，我一直盯著呢，少夫人的確是沒有要來的意思。」

「唉，好不容易尋到人，卻又不肯見我，真是……」

「公子，您要不直接過去相見吧？」

「……也罷，山不來就我，我便去就山吧。」

一清聽出他們二人就要出來，趕忙奔進了屋子。走到房內一看，喬小扇穿了厚厚的襖裙，身上還繫著斗篷，竟然在收拾東西！

「喬姊姊，妳這是……」

「一清，妳來得正好，我要走了。」喬小扇招手喚她走近，從懷裡摸出一塊玉珮遞給她。「妳誰都不要告訴，我從後面悄悄走，待我走後，將這塊玉珮送去給隔壁的那位公子，請他保重，莫再找我了，就這樣。」

她一口氣說完話後，揹起包袱，走到窗邊，推開窗子，輕輕一躍便翻了過去，落地悄無聲息，可落地之後又是一陣劇烈的喘息，臉色也蒼白得很。

一清對此已經見怪不怪，喬小扇的身子一直不太好，尤其是運氣動武之時，更是不濟。直到窗外的寒風捲進來，她才回過神來，低頭看了一眼手中玉珮，猶豫害怕許久，還是舉步朝隔壁的木屋走去。

門口已經出現了那兩人，一人魁梧高大，腰間還配著刀，模樣雖周正，看在她眼中卻有些駭人。而他身邊的公子則是玄色寬袍，面如冠玉，一副溫文有禮的模樣，忍不住叫人看了又看。

這山比較偏僻，有的時候來的都是一些猥瑣男人，一清何嘗見過這般美貌的公子，一眼就被吸引了注意力，怔忡了半天也沒有回過神來。

「那個……請問喬小扇可在此處？」

一清被他的話喚回思緒，連忙點頭，小心翼翼地走近，怯怯地伸出手去。「喬姊姊讓我將這玉珮給您，還說請您別再找她了。」

面前的人明明是個溫柔和煦的翩翩公子，她竟好像面對著皇帝，幾乎是垂著頭，雙手呈上去的。

白玉般的手指接過玉珮，指尖觸到一清的手心，冰涼一片。她悄悄抬眼去看，心中奇怪，也不知這公子跟喬姊姊有何關聯，為何喬姊姊一看到他就跑走了？看他這模樣也不像壞人啊！

靜靜凝視了一會兒玉珮後，男子閉了閉眼，似有些疲倦，喘了口氣才問道：「請問這位小道長，可知喬小扇人去哪兒了？」

「這個……我也不知道，她就是走了，十分匆忙的樣子。」

「叫我別再找了？」他微微苦笑，下一刻卻又沈了臉色。「想得倒美！」

話音剛落，人已拂袖出門，大步流星而去。

今天真是個古怪的日子，先是喬小扇，又是這公子，全都一下子走了，一清覺得真是詭異。

那木屋中的東西都沒有帶走，那公子離去時，手中只緊緊攥著那塊玉珮。

一清問了那玉珮是什麼，那公子說是他給他娘子的彩禮。

話說得這麼白，她終於明白，喬小扇的相公便是眼前這麼一位。

不會是喬小扇見異思遷吧？

呃，她的恩人不像是這種人啊……

臨近天水鎮時，喬小扇十分猶豫，若是回到家中，恐怕更加容易被段衍之找到，可是若不回去，即將臨盆，總要找個地方落腳才是啊！

不過仔細想來，此時也許反倒是在家裡落腳不容易被發現吧？她沈吟一番，慢慢地朝天水鎮走去。

一切都好似完全沒有變化，仍然是那些街道，也仍然是那些人，雖然是瑟瑟寒冬，街道上行人卻只增不減，可能是快要到年關的原因吧。

想到上一個除夕她在京城與段衍之一起攜手遊樂，此時卻是天涯相隔。

她將帽簷拉得更低，寬大的斗篷幾乎罩住了全身，恐怕就是喬小刀此時出現也認不出她來吧？

這個念頭尚未想完，耳邊忽然傳來一道熟悉的聲音，抬眼看去，前方不遠處有人正在攤前跟小販討價還價，正是喬小刀。

沒這麼巧吧？她趕緊側過身子，佯裝在攤前買東西，心中卻在思索著要不要上前相認？

誰知還沒作出決定，便見一人快馬而來，逕自狂奔至喬小刀跟前，劈頭便問：「二妹，可見著妳大姊了？」

「啊？」喬小刀誠實地搖頭。「姊夫，莫不是你尋人尋傻了吧？我大姊有意躲著你，怎會出現在這裡？」

「妳不明白，我前兩天就在附近的道觀見著她了。」

喬小扇立即轉身就走，馬上的人她很想多看兩眼，但是越看便越想留下。

她應當與他再無交集的，否則只怕會害了他。

身後馬蹄聲噠噠狂捲而來，她嚇得愣住，半晌也不敢動，待到一馬一人從身邊擦身而過才鬆了口氣。

好在沒有發現她。

她留心著周圍的熟人，一路走得小心翼翼，到了鎮口賣馬的地方，撐著圍欄喘了許久。

這副身子，真的是越來越不中用了。

她抬手撫了撫小腹，心中愧疚，自己身體不好，也不知會不會連累了孩子……

「這位夫人，您想要買馬嗎？」

喬小扇抬頭，但見一個中年人指著圍欄裡的馬，一臉期待地看著她，看樣子正是這裡的老闆。

好在他不是本地人，否則恐怕已經認出她來了。

「我不是要買馬，我想雇輛馬車，請老闆您快些，我急著趕路。」

「好嘞、好嘞！您稍候，這就給您準備！」

喬小扇點了點頭，最後看了一眼天水鎮的大街，眼中閃過一絲悵然。

對不住，還是別見了吧……

尾聲

「哎哎，聽說了沒？」

喬小扇坐在馬車裡，這副身子最近是越發的睏倦了，車伕剛才停車去給她買些東西，短短一會兒功夫，她便撫著高聳的小腹開始打盹。

偏偏車窗外傳來了擾人清夢的聲音——

「聽說什麼？」

「定安侯府的事情啊！」

原本已經差不多就要睡著的喬小扇猛地睜開了雙眼，揭簾看去，原來馬車剛好停在一個茶攤旁，兩個中年男子坐在一桌，嗑著瓜子閒聊著。

「聽聞老侯爺想辭去爵位告老還鄉，又被皇帝挽留啦！」

「喔，這個啊，嗨，其實留不留有什麼不同啊？反正侯府現在幾乎都沒有人在的。」

「嗯？此話怎說？」

「你不知道了吧？定安侯府的主子們全都外出了，聽聞世子是因為世子妃暴斃於宮中一事而難過，遂決定雲遊四海，再不過問世事，老侯爺跟段夫人自然是心疼世子，跟著一起去了嘛！」

「嘖嘖，定安侯這家子可真算特別了，放著高官厚祿不要，雲遊四海幹麼啊？卻不知那世子妃是何等的人物，竟能讓那高不可攀的世子迷戀到如此地步。」

「不會吧？這麼大的事情你都沒聽說過？世子妃不就是離此地百餘里的天水鎮一霸嗎？那個曾經砍過人、蹲過牢的喬小扇啊！當初還是她強搶了世子回去成親的呢！」

「啊？那豈不是一場強嫁姻緣？」

「沒錯！」

「嘖嘖嘖，真是無奇不有啊……」

喬小扇微微嘆息一聲，靠在車廂上怔忡著。

車伕總算又回來了，開始繼續趕路。

最近段衍之幾乎是在對她窮追不捨，已經躲避了許久，如今便要臨盆，得趕快尋找落腳的地方才行。

耳邊再無喧鬧的聲響，大概是出了城了。

喬小扇打算找個農莊避一避，生下孩子再說。

其實之前都已經打點好了，多虧當初臨走時尹子墨硬是塞給了她一些盤纏，否則真不知要如何撐到現在。

馬車顛簸，不一會兒，那熟悉的睏倦又泛了上來，喬小扇狠狠掐了自己一把，才算稍稍清醒。

她其實很怕，很怕自己就這樣一睡不醒。

很突兀的，在掐過自己之後，馬車驟然停了下來。

「怎麼了？」她出言詢問，一向話癆的車伕這次卻沒有接話。

喬小扇立即意識到了不妙，連忙揭簾看去，頓時愣住。

車伕僵著身子跌倒在旁，顯然是被點了穴道。而在馬車前方，一人寬袍綬帶，靜靜而立，看向她微笑著，卻帶著一絲恍如隔世的意味。

「這位姑娘，不知是否已經名花有主？」

喬小扇被他問得愣住，皺了一下眉頭，故意道：「沒有，我孤身一人，公子請莫要攔著我的去路，以免惹來非議。」

「欸，先別急著趕人啊，既然姑娘並無良配，在下倒是有個好人選。」

「什麼？」

「在下今年二十有四，能文能武，善良能幹，待人真誠，面貌自然也不差，實乃方圓百里一枝獨秀，不知姑娘對在下可有意？」

喬小扇張了張嘴，簡直已經說不出話來。

這……莫非是對她之前搶了他的報應？

「咦？姑娘不作聲，便是默認啦！」

「不──」

喬小扇的話還沒出口，他人已走近，解開車伕的穴道後，揮手示意他離開，而後便輕輕巧巧地躍上馬車。

「既然如此，那便請姑娘隨在下回去吧。」

「你……你快停下！」馬車竟被他逕自趕走，喬小扇趕忙大喊。

可是對方卻毫無反應。喬小扇閉了閉眼，語氣慨嘆。「雲雨，你這是何必……」

「喔，原來姑娘妳認識在下啊！那更好了，妳我真是般配啊！」

喬小扇說不出心中是什麼滋味，難道他就不能為自己想想？一定要跟她在一起，若是再引來太子該怎麼辦？

她一時氣惱，便想伸手去扯他手中的韁繩，卻被他伸出的胳膊攬住，而後不知在嘴裡塞了什麼，唇便堵了上來。

腦中一陣空白，往事如流水般湧上心頭，那些甜蜜與痛楚，如今再見，原來早已刻骨銘心。

恍惚間，似有什麼被他的舌尖推入喉嚨，她下意識的一嚥，愕然之際，卻見他露出了欣慰之色。

「還好，總算讓妳吃了解藥，以後便沒事了。」

喬小扇很想說些什麼，可是盯著他包含了太多情緒的雙眸，卻只是嘴唇翕張了幾下，再也沒有其他言語，眼中卻漸漸濕潤。

段衍之嘆息一聲，放任馬匹隨意的慢走，展臂將她擁緊。

「娘子，不用擔心了，都過去了。太子將登大寶，沒有功夫再來理會我們，若是妳一味地迴避我，才是不該。」

「你……都知道了？」

「是，都知道了，只求妳別再推開我便好，妳該相信我能護妳周全。」

喬小扇百感交集，亦抬手環住了他，頭埋在他肩頭輕輕蹭了蹭，算是答應了。

段衍之心中大定，神色終於放鬆。

這一場追尋總算有了結果，從此執手，再不分離。

平靜的氣氛是被喬小扇的一陣驚呼打斷的，段衍之嚇了一跳，低頭看她，便見她一臉痛苦地捂著肚子開始哀號——

「不好了相公，我、我似乎……要生了……」

「什麼？」段衍之嚇了一跳，忙不迭地去扯韁繩加快速度，另一隻手卻仍舊牢牢地環著她的身子。「娘子莫怕，我這就帶妳去找穩婆！」

夕陽西下，馬車一路疾馳而去，彷彿踏碎了那些過往的沈痛與分離，一切都隨輪下的塵土消散在風中，只有彼此緊握的雙手十指相扣，白首不離……

——全書完

〈番外一〉

太子於某個大好春日登上帝位。

彼時喬小扇剛生下兒子不久，老侯爺和段夫人陪著她安頓在江南的私宅裡，幾乎與世隔絕，直到傳來大赦天下的消息，才知道天子已經換了人。

那一夜普天同慶，離京城那麼遙遠的江南也徹夜歡騰。爆竹聲聲，煙花陣陣，如同過年。段衍之站在院中遙遙北望，沈靜的夜裡，身姿如孤松般挺立，風拂過衣襬，卻捲不走心中的悵惘。

曾經那般重視的至交，如今卻無奈地走到了這一步，委實令人嘆惋……

只過了一月，宮中便開始張羅著為新帝選妃，充實後宮。

新帝端坐在御書房內，無數美人圖送到了他的眼前，他稍微翻了翻，入眼便是珠釵華服，紅綢綠革，環肥燕瘦，亂花漸欲迷人眼。他忽而便失了興致，揮手遣人拿走。

要知道放在最上面的幾張都是權貴之女，花了重金才有在圖中被描繪得這般傾國傾城，不想最後卻是這樣一個結果。

見皇帝毫不沈迷女色，朝野上下立即稱讚一片，但也不乏大臣上書請奏其為帝業著想，早納妃嬪，開枝散葉。皇帝不為所動，照舊該做什麼做什麼，然而此情此景堪堪維繫了兩月便改變了。

新進宮的秀女中有一名喚月容者，論姿色並不算頂好，卻忽然被新帝看中，甚至侍駕不出一月便被封為德妃，朝夕伴於君側，榮寵無雙。

有想出頭的秀女悄悄去觀摩月容的音容笑貌，意圖模仿。待真正見到她人，卻是十分震驚。月容幾乎從不穿宮裝，平日只做尋常百姓裝扮，且服飾顏色素淡。臉上也只是略施粉黛，渾身上下無一處特別，只除了那雙眸子，總是沈靜得過分。

說起來，她與皇帝的相遇也極其偶然。

那日她無意間走到了御花園，被幾個勢利的宮人瞧見，頓時以僭越之罪敲詐她。奈何月容出身貧寒，拿不出好東西孝敬他們，對方更是有意刁難。推攘之間，她險些摔倒，往後退了幾步，卻精準地落入了一人的臂彎。

那人便是剛剛登上帝位不久的太子。

彼時春光正好，陽光從枝頭輕轉跳躍，落在她的眉梢眼角，悄然融作一派寧靜的柔和。皇帝的目光直直地望入她那雙眼睛，一動也不動。

雖然看見他一身龍袍，月容卻並未有多驚慌，反而十分冷靜地退出他懷間，向其請罪。跪在地上時，脊背挺得筆直，彷彿自己一點錯也沒有。

然而等了許久也沒等到回應，她抬頭去看，便見皇帝仍舊一動也不動地盯著自己，眼神似驚喜，又似迷惘。

「妳叫什麼？」許久之後，他才終於開口，語氣又輕又柔，似害怕驚擾了什麼。

月容恭恭敬敬地拜了拜。「回陛下的話，民女姓喬名月容。」

「姓喬？」皇帝眼神一亮，忍不住走近了一步。「妳也姓喬？」

月容並未深究他口中的「也」字有何涵義，只是平靜地稱是。

一隻手握住了她的手腕，微微用力，便拉著她站了起來。

「以後妳便待在朕身邊吧。」

沒有任何預兆，也沒有任何前戲，只是一句話，月容便被強迫拉入了帝王的世界。

她照樣是平靜的，對周遭一切事情都看得極淡，彷彿沒有什麼能入得了她的眼。而她越是這樣，便越得皇帝歡喜。

他從這個新選的妃子身上看到了自己心中一直惦念著的那個女子，特別是眼神與氣質，簡直一模一樣。

皇帝並不覺得不妥，反而十分享受將她當成一個替代品。甚至情到深處之時，他也只是喚她「小喬」。

幾乎所有伺候的宮人都以為這個稱呼是皇帝陛下將德妃娘娘比喻成了那位閉月羞花的三國美人，只有皇帝自己知道他叫的是誰。

得不到的便是最好的。大概這是所有人的通病。

皇帝從身為太子時便疑心重重，經歷過的那些事情和曾經在生命裡出現過又相繼消失了的人，沒有一樣不讓他內心糾結。這樣的糾結在他登上帝位後已經漸漸地化為偏執，最後成為深深的痛楚和煎熬。

月容是他煎熬歲月裡出現的一劑麻藥，不能治本，但能讓他暫時忘卻痛苦。

那些曾經由他自己斬斷的友情和愛情，甚至與他互相折磨的太子妃，都會在午夜夢迴時驚擾到他的帝王之夢。

而如今他不孤獨了，因為有了月容，那個音容笑貌與喬小扇極其相似的女子。他感覺自己以另一種方式得到了她，願將所有最好的東西都給她……

朝野之中開始漸漸瀰漫出皇帝過分寵愛德妃的言論。畢竟月容出身貧寒，那些權貴之女尚未出頭，她已占據了後宮一座華麗的宮殿，誰也看不過眼。

月容的身邊開始出現各種各樣的陰謀詭計，朝臣也多有進言，勸皇帝為皇嗣著想，當廣充後宮，雨露均霑，切莫沈迷於一人。

皇帝倒也給面子，沒多久便又多納了幾個妃子，與當朝幾位重臣都有關聯，這才算息了悠悠眾口。

而就在此時，月容小產了，起因是中了毒。

皇帝震怒，下令徹查兇手，甚至每晚都親自守在月容身邊，足足幾月未曾踏入其他妃嬪的宮殿。

大臣們與其他妃子都了悟了，無論外界反對聲多麼大，喬月容的德妃位置已經坐得穩穩當當，半分也動搖不得。

從昏迷中醒來時，月容看著面前的帝王，頭一次落了淚。

他雖然高高在上，但是為了自己，弄得疲憊又憔悴，如同一個尋常人家的丈夫，而自己，是他唯一的妻子。

月容主動將臉埋入他的胸膛，話音哽咽。「陛下，小喬差點便再也見不到你了……」

若說之前皇帝還有些清醒，到此時，則因這句話而徹徹底底地淪陷了。

小喬，小喬，是他的小扇在對他說這些吧……

然而在他緊緊攬著她時，又聽見她冷靜地勸說：「為江山社稷著想，陛下當雨露均霑，也好開枝散葉……」話說到這裡，她又頓了頓，別過臉去小聲道：「雖然小喬心中十分不願……」

皇帝緊緊地攬著她，頭一回覺得滿足。

終於，他的小扇以另一種方式全心全意愛著他了，不僅愛他，還處處為他著想。

自此之後，皇帝彷彿恢復到了以前沒有遇到月容時的狀態。理政治國，兢兢業業；恩寵後宮，不偏不倚。

隨著他的轉變，月容身邊的危機也解除了，然而只有她自己知道，另一種危機正在愈演愈烈。

她很清楚皇帝將她當成另外一人，每次他看著自己的眼睛時，總是一副迷惘之色，彷彿穿過她的眸子看到了另外一人。她甚至也知道他一直在關注著什麼人，好幾次深夜之時都能聽到有太監領著人來求見，只說有事要稟。

不過這情形從她上次中毒一事之後，已經漸漸有放鬆之勢了。

月容保持著一貫的淡然冷靜，可是她對自己的地位認識得很透徹，所以在皇帝面前，她永遠都自稱「小喬」，從不提及自己的名字。

皇帝在外是高高在上，日理萬機的明君，在她面前卻是近乎偏執的病人，甚至有時是個瘋子。

後宮之中，只有她一人被允許在他的龍床上過夜，所以無數個夜晚他從噩夢中驚醒，或者摟著她無意識般叫著另一個名字時，她都知道得清清楚楚，只覺得可怕。

皇帝的心中住著另一個自己，彷彿無法面對他人，只在悄然無人時才會出現，然後折磨他本身。不過待他清醒，又是威嚴不可攀附的帝王了……

伴君兩年之後，月容為他生下了一個皇子。

皇帝興高采烈地去她宮中探望，剛進內殿，便見她抱著孩子倚在床頭，模樣虛弱，卻掩不住眼中的歡喜。

聽到腳步聲，她抬眼看來，柔柔一笑。「看，我們的孩子。」

皇帝忽然就止住了步子，怔怔地看著她，神情忽悲忽喜，最後走到床沿坐下，將母子二人小心地圈入懷裡……

這一年，段衍之明顯地察覺到，之前需靠他動用青雲派力量清除的朝廷暗探忽然一夕之間全都消失了，彷彿從來就不曾出現過。

他帶著妻兒仍舊住在江南私宅，皇帝似乎也忘了他們，這幾年始終未曾召過他們回京。

那年冬日落下第一場大雪時，段衍之站在院內欣賞雪景，一如當初太子登基的那個夜晚，帶著寂寥的意味，但更多的卻是釋然。

如今他一家和樂，已覺萬分滿足。

巴烏腳步急切地走到了他身後，手中托著一封信，左右看了看，壓低聲音道：「公子，月容的信到了。」

「嗯。」段衍之轉身，額前的碎髮沾染了些許細雪，彷彿與他雪白的袍子連成了一體，烏髮黑眸被襯得越發奪目。

接過信來，他匆匆拆開一看，很快便露出了笑容。

公子：

見信如面，

皇帝對屬下已全心相待，斷不會再行探視之舉，敬請安心。

月容

段衍之的笑容漸漸變得有些恍惚，最後又成了一聲嘆息。

為了保護妻兒，他只能反將一軍，在皇帝面前也安插自己的眼線，但皇帝若能對月容真心相待，也不失為一樁好姻緣。

「巴烏，記著，此事絕不可讓少夫人知曉。」

巴烏恭恭敬敬地點頭稱是，再抬眼時，他已轉過身去，漫天雪花，他似已融了進去，成了白茫茫的一片虛無，很不真切。

恰如曾經經歷過的種種，朝堂詭譎與江湖紛爭，俱往矣，如今留下的不過寥寥殘缺的片段。

只有始終守在身邊的人，才是最為真切和溫暖的存在……

〈番外二〉

又是一年除夕夜，花團錦簇平安年。

江南小鎮風光秀麗，一場冬雪落下，一眼望去，亭臺樓閣錯落交映，屋頂上的一層雪白映入眼中，如夢似幻。

瑞雪兆豐年，本該是喜慶的日子，住在鎮東邊的李家閨女最近卻很不高興，因為她看上的人沒有看上她。

李家閨女今年芳齡十八，正是如花似玉的年紀，一張臉白裡透紅，杏眼桃腮，美豔得很。要說缺點，除了個子小了點、脾氣爆了點，也就沒什麼了。

所以她很不高興，自己這麼完美的一人，怎麼就被拒絕了呢？

這事兒要從十月中的某一天說起，當時正值深秋，江南景致別有風情，她趕著家裡的小毛驢去街上買米，回來時已經是傍晚時分。路上行人不多，她一手執著小鞭，一手扶著架在驢背上的一袋米，慢悠悠地閒逛，很是愜意。

誰知這平靜不過片刻便被打破，一陣急促的馬蹄聲拽著一輛馬車朝她的方向飛奔而來，一副心急火燎的模樣，弄得好像被什麼洪水猛獸追趕似的。

李家閨女就在路當中，哪裡躲避得過？小毛驢被驚得一陣亂蹦，將米掀到了地上不說，還連累她摔了一跤。

她氣呼呼地爬起身來，已經有人從車上跳了下來，走過來扶她。「姑娘，妳沒事吧？」

李家閨女原本一肚子的火，一看到眼前的人就半點火氣也沒了。

眼前的人是個魁梧的漢子，長得十分高大，面相英挺，只一眼就叫李家閨女沈寂了十八年的一顆芳心怦的動了。

怎麼說呢，要說他多英俊吧，也不至於，不過照她爹李老頭的話來說，給人感覺很老實、很憨厚、很那個……可以託付終身什麼的。

李家閨女的娘死得早，從小爹爹為了生計忙得腳不沾地，也管不到什麼女兒家的教育，所以她很無知無畏地問了一句——

「大哥你可已婚配？」

大漢見她剛才一直不說話，早就自發自覺地幫她將米扛著放上了驢背，一聽這話，手上一鬆，米袋差點砸到他的腳。

在大張著嘴、毫無形象的凌亂了一瞬後，大漢忽而羞怯地扭頭奔向馬車，以迅雷不及掩耳之勢駕車離開。

李家閨女根本來不及反應，眼睜睜地看著他駕著車就要遠去，忽而車窗上的簾子被掀開，一個英俊不凡的男子探出了頭來，臉上帶著笑意，對她道：「姑娘，下次換個說法，我這個隨從最害怕聽到這話了，以為又是什麼搶婚之類的……」

話音隨著遠去的馬車漸漸轉小，依稀傳來那個大漢氣急敗壞的叫聲——

「公子你……」

而後是那英俊男子的笑聲。「巴烏，你的桃花來啦……」

李家閨女是相當聰明的，其他的廢話她沒記住，只記住了那大漢的名字——巴烏。

李家閨女也是相當有韌性的，幾乎是立即就把米扔在了附近熟人的鋪子裡，然後駕著小毛驢就去追人了。

速度快慢可想而知，不過好歹讓她知道了這輛馬車安置在了鎮南的一處莊院裡，於是她心滿意足的回去了。

當晚李老頭回去的時候就看到自己閨女托著腮一會兒笑、一會兒愁的樣子，嚇得以為她撞了邪。

「爹爹，我相中了一個小夥兒！」李家閨女對她爹將白天的事情和盤托出後，大大方方地說了這麼一句話。

「燕兒啊，妳說的不會是西街那個成天追著妳跑的傻子吧？」李老頭捂了捂胸口，表示自己接受能力有限。

李家閨女嬌嗔地看了他一眼，接著又朝他神神秘秘地招了招手。「爹爹，你湊過來，我給你仔細說說……」

這麼一說，就有了之後的上門提親。

鎮南莊院內，巴烏在聽了自己面前的媒婆一通天花亂墜的說辭後，終於找到了關鍵——

「妳說……妳要給我提親？」

媒婆笑咪咪地點頭。「是啊，可不就是公子你嘛！」

「不是，妳說那姑娘叫什麼？」

「李燕兒啊，咱們鎮上響噹噹的一枝花呢！」媒婆自動過濾掉她火爆脾氣震懾八方的往事，那些都是浮雲，搞定眼前的人，拿到銀子才是正經啊！

可惜巴烏讓她失望了。

他也沒說不願意，就是一陣驚駭，然後就掩面狂奔後院。

媒婆哪有見過這樣的，當即以為他這是拒絕了，只好怏怏地回去了。

李家閨女於是不高興了。

這麼一耗，就直接耗到了過年。用李老頭的話說，鐵樹也該開個花了，母豬也能上個樹了，女婿什麼時候才能上門哇？

李家閨女聞言，將手上正在切的一顆白菜剁成了渣……

除夕當晚，炮竹聲聲，煙花當空。小鎮上一片歡聲笑語，如今天下大定，眾人俱是歡聲笑語，一派歌舞昇平之景。

李家閨女提了一罐酒朝鎮南趕。

這個是她爹爹在院中桃花樹下埋了十八年的女兒紅，照理說是該在她成親那日喝的，但她爹說她得趕在十八歲之前把自己的終身大事給解決了，不成功則成仁，所以今晚這罈酒就隨著她的面皮一起豁出去了。

李家閨女打算趕在僅剩的幾個時辰之內把自己的大事給定下來。

她就不信了，自己看上個人還搞不定他！

鎮南的那處莊院據說是某個京城大戶人家的別院，也不知道是誰的，反正這麼多年也沒見過正主，只有幾個老奴一直守著這裡。

如今來的這幾位，也不知道是不是主人。

不過李家閨女不關心這個，她只關心那個巴烏是幹什麼的？為何不肯要她？

原本以為除夕夜的莊院會是十分熱鬧的場景，誰知到了那院子的門口卻意外地感到一陣冷清。

院門沒有貼對聯，燈籠也沒有掛，甚至院中連燭火都沒有。

難道人都走了？

李家閨女的玻璃芳心碎了一地。

誰知她這邊剛想完，身後就傳來了一陣腳步聲，也不知道為何，一聽到那道魂牽夢縈的聲音，她竟鬼使神差地朝牆根處躲了過去，身子隱在黑暗中看著那群人緩緩走近。

為首的是那個相貌英俊得過分的男子，身著白色裘衣，臉上帶笑。

他的身邊站著一個女子，身量高䠷，穿著素色綴花的襖裙，外面繫著一件披風，神情看上去有些平淡，不過不覺得冷漠，反而有些超然世外的感覺。

兩人中間是個小孩子，大概才三、四歲，小臉粉雕玉琢，如同畫裡走出來的一般，此時正被兩邊的大人一人牽了一隻手，慢慢地走著，不過看他的神情似乎卻與身邊的女子十分相似，平淡而嚴肅，實在不像個孩子的模樣。

這三人走過去之後，李家閨女總算見到了她的心上人，她老實忠厚的巴烏哥哥喲，正一步不離地跟在三人身後，聽著人家一家三口歡聲笑語的，自己卻形單影隻，孤單落寞……

好吧，以上都是她自己的臆想，實際上巴烏此時很歡樂，臉上還帶著笑。

李家閨女忿忿地想，這麼開心，難不成是去逛了妓院回來?!

「姑娘既然來了，為何不出來呢？」

突來的聲音叫李家閨女嚇了一跳，慌忙轉頭看去，又是那個英俊得不像話的男子。

你說話就好好說嘛，幹麼還笑？笑就笑吧，還笑得這麼禍國殃民！別以為你好看就了不起，我只喜歡巴烏!!

李家閨女捏了捏手心，臨走出之際，暗暗抬手摸了一下鼻子。呼，還好，沒丟人的流鼻血。

「唔，我、我是來給你們送酒的。」必須要有個說辭不是？李家閨女也不知道自己這個算不算好藉口。其實彼此只見過一面，還是有點說不過去吧？

「喔？如此甚好，有勞姑娘了，請進吧。」

男子倒是不以為意，反而笑咪咪地朝她做了個「請」的手勢，誰知話剛說完就被巴烏打斷了。

「公子你……」

李家閨女撫額。

我看上的人怎麼每次台詞都一樣啊？

好在那男子沒有理會巴烏的申訴，直接推門走入了院中，李家閨女自然毫不客氣地跟上。

後院有張石桌，今夜無風，下人們用軟墊鋪在了石凳上，又在旁放了暖爐，一點也不覺得冷。

隨意地準備了幾道小菜點心，幾人圍桌而坐，李家閨女當即拍開了泥封，一時間酒香四溢。

倒酒之際，坐在她對面、先前一直沈默的女子終於開了口。

「姑娘如何稱呼？」

李家閨女毫不怕生，當即回道：「喔，我叫李燕兒，姑娘妳呢？」

「噗……」一邊的英俊男子忍不住笑出聲來，摟著那女子道：「娘子，妳看人家還說妳是姑娘呢，為夫真是失敗。」

那女子眼中也帶上了笑意，對李家閨女道：「我姓喬，姑娘喚我小扇即可。這是我相公，姓段名衍之。其實我已然嫁作人婦，孩子都這麼大了。」

那先前的孩子不肯回房去睡，此時正坐在她膝頭仰脖看空中的煙花，不過神情一如既往的平淡，簡直如同脫離了塵俗的小神仙一般。

李家閨女有點不好意思，撓了撓頭。「這個，我不太懂，據說婦人跟姑娘家的髮式是不一樣的，可是我娘死得早，沒人教過我這些。」她自己頭上的髮式還是隨便綁了一下呢。

這話一說，喬小扇的眼神立即柔和了下來。「原來燕兒姑娘與我一樣，也是苦命之人。」

「娘，莫要提起那些傷心事，孩兒會照顧妳的。」懷裡的孩子忽然開口，一副小大人的模樣，襯著奶聲奶氣的聲音，十分有趣。

「臭小子，你爹我還在呢！你娘有我照顧就成了，你別多事！」

雖然段衍之這話說得夠恐嚇，那孩子卻只是轉頭瞟了他一眼就扭頭繼續看煙花，直接無視他的憤怒。

李家閨女的眼神在這三人身上滴溜溜地掃了幾圈，心中大為感慨。

啊，多麼融洽的一家三口啊……

「巴烏，人家姑娘是為你而來，你怎麼一句話也不說？」過了一會兒，段衍之開始拿坐在一邊悶不吭聲的巴烏打趣。

李家閨女聞言，一個激靈坐直了身子，手指絞著衣角，含羞帶怯地看向巴烏。

巴烏的臉脹得通紅，壓根兒不知道眼睛該放在哪兒，最後憋了半天總算憋出了一句話來——

「那……那就祝姑娘新春大吉，闔家幸福，事事如意，財源廣進，千秋萬代，一統江湖……」

「噗……」段衍之噴了一口酒出來。

喬小扇懷裡的孩子幽幽地嘆了口氣，神情憂鬱地看著巴烏。

李家閨女熱淚盈眶。冤孽啊，這是什麼人吶，一見鍾情什麼的真是靠不住啊……

〈番外三〉

新年就要到了，最近江湖卻不是很太平。傳聞，一直隱而不見其蹤的塞外青雲派宗主忽然現身了。此事一經傳出便風靡整個江湖，有人慌亂，有人喜悅，大部分人則是帶著湊熱鬧的心情準備一仰其風采。

而這位風雲人物全然不知自己已然被抬高到武林盟主般的地位。塞外青雲派宗主，瀟灑無雙的青雲公子，此時正撩著袖子在擀麵。

據他能幹的娘子說，這是個技術活兒。段衍之起先不信，但在弄斷了三根擀麵杖之後，卻不得不信了。

這種事兒對他這種養尊處優且練武的人來說，還真的是個技術活兒。

雪白的麵團漸漸在他手下變成了薄薄的一張面皮，桌子旁是雪白的孩子小臉，雖然眼神裡充滿了好奇和興趣，神情卻一如既往的嚴肅認真、不苟言笑。

段衍之看了看他的臉，忽然玩心一起，沾了點麵粉都塗到了他臉上。孩子的小臉頓時成了花貓，他忍俊不禁，哈哈笑出聲來，可隨之卻又笑不出來了。

孩子就那麼盯著他，半點笑意也無。黑亮的眼睛裡泛著寒光，朱唇水潤飽滿卻被抿得緊緊的，臉上結了一層寒霜。

段衍之於是乾咳了一聲，默默抬手，用袖子將他的小臉擦得乾乾淨淨。

孩子瞥了他一眼，慢慢從凳子上移下小小的身子，朝外走去。

「你這是要去哪兒啊？」段衍之見他仍有怒色，頗有些不放心。「去廚房找你娘嗎？」

孩子轉頭，身子雖小，卻已有些挺拔如松的意味了。「爹爹不知君子遠庖廚嗎？我去書房。」

「呃……」

段衍之默默在麵粉上畫圈圈。孩兒啊，你才五歲啊，這麼下去你要長成什麼樣啊？做人要像你爹我這樣瀟灑風流又幽默啊，不然將來誰敢嫁給你啊……

那些麵粉在手下繞出各種線條，每當孩子這般不待見他時，他便忍不住回想喬小扇當初生兒子時的場景，至今仍覺驚心動魄啊！

那日喬小扇忽然開始陣痛，他只有帶著她朝最近的天水鎮趕。

老侯爺和段夫人當時也都在喬家，忽見段衍之抱著喬小扇進了院子，頓時忙成了一團……

一盆盆熱水送進屋去，過了許久，屋中卻還沒有動靜。喬小扇似乎極能忍耐，過了許久也只是斷斷續續的呻吟。

段衍之忍不住在外大聲詢問穩婆情形。

段夫人拉住他安慰道：「生孩子都是這樣折騰的，你別太心急了。」

她這話剛說完，屋內的喬小扇便尖叫了一聲。

喬小刀扯著段夫人的衣袖，害怕得發抖。「我還是頭一回聽我大姊叫得這麼慘，不會有什麼事兒——」

「不會！不會！」段夫人連忙擺手打斷她的話，自己的神情也有點擔心。

穩婆在裡頭大聲嚷嚷道：「快了快了，夫人繼續使勁兒，就要出來了！」

於是，屋中繼續響起此起彼伏的慘叫聲。

老侯爺抹著汗道：「媳婦兒，妳當初生雲雨時沒這麼折騰吧？」

段夫人穩住情緒安撫他。「聽說有本事的人總是要折騰一下才能出來的，您別太擔心了，這個孩子以後定然是個人物呢！」

段衍之幾乎要緊貼著門，聽著裡面喬小扇的痛呼，臉色有些泛白。她一向忍耐力極強，此時卻這般痛呼連連，本身承受的痛苦定然更重。

巴烏有些受不了，站在他身後，眼神左顧右盼，轉移注意力。

老侯爺不知該如何寬慰孫子，只有拍了拍他的肩。

段夫人則以過來人保證道：「絕對沒事，當初我生你那會兒不也痛得要死要活的嘛，沒事沒事……」

段衍之這才輕輕點了點頭，臉色緩和了不少，卻好似一尊泥塑，不言不動，只有微微顫抖的指尖顯露心中的緊張。

不知過了多久，屋內的穩婆又開始給喬小扇鼓勁。「再用點力，就要出來了，再加把勁就成了！」

喬小扇的嗓子已經沙啞了，只是斷斷續續的呻吟著，偶爾發出一聲用力時的叫喚，門外的人便被這毫無規律的節奏給揪住了心，踱步的踱步，嘆氣的嘆氣……

一直折騰到夜色深濃，青雲派宗主的寶貝兒子終於慢條斯理地離開了母體，簡直連出生也猶如他之後的行事風格。

那聲響亮的啼哭劃破沈寂，段衍之渾身一鬆，吁了口氣，身邊的巴烏也跟著長長地吐息出來，還伴隨著一聲輕嘶。他轉頭一看，原來自己剛才緊張，竟揪了巴烏的胳膊許久還不自知。

當時正是天寒地凍的天氣，穩婆沒把孩子抱出來，只稍稍開了絲門縫，讓裹得厚厚的小傢伙露出小臉給眾人看了一眼，喜孜孜地道：「恭喜恭喜，是個大胖小子，母子平安呀！」

老侯爺喜不自勝，雖然還是個紅皮臉皺的小不點，他老人家卻視若珍寶，一個勁兒地誇他漂亮英俊。

段衍之看了看孩子的小臉，說不出什麼滋味，有種自豪感和隨之而來身為父親的責任感自心間油然而生……

不過當時他怎麼也沒想到，自己的寶貝兒子以後會是這麼一副冷冰冰的性子啊！

「相公，你擀的餃皮好了嗎？」

清清淡淡的聲音從門外傳出，段衍之瞬間醒悟，孩子那性子，都是遺傳啊，唉……

正值新年，段衍之這段時間帶著家人在江南避居，乾脆就決定在這裡過年了，老侯爺和段夫人自然也都在。

揚州離此地不遠，陸長風禁不住喬小葉的軟磨硬泡，也帶著家人趕了過來。

喬小刀已經與天水鎮的鎮長公子喜結連理，最近剛有了身孕，不方便遠行，所以缺席了。

陸長風的孩子名喚阿朝，比段衍之的兒子只小半歲，不過這次來的不只是他，還有一個孩子，據說是阿朝的表哥，名字叫……妖妖？

聽陸長風說，這是他七妹家的孩子，他七妹隨夫回揚州照看生意，結果被一些生意上的事情纏住便沒時間照料他了，陸長風來這裡時就乾脆帶上了他。

段衍之一聽這居然是尹大狐狸的後代，便相當熱情地迎了上去，並且招呼自己兒子前來接待。

妖妖長得很出色，一身華貴的絳紫綢面銀鼠袍子，圍著上好的貂皮領子，富貴逼人。

陸長風家的孩子繼承了父親的相貌，自然也不差。

不過兩人跟段衍之家的寶貝一比就差了點，倒不是相貌比不上，而是氣度。

怎麼說呢，人家孩子還是孩子，段衍之家的……有點超齡傾向。

三個孩子在一起，只有阿朝最好動，話也多。

妖妖是屬於外冷內熱型，不熟的時候很矜持，一旦熟悉了也很肯說話，所以沒多久就十分友好主動地跟段小公子傳達了自己的親切問候。

不過段小公子只是輕輕斜了他一眼就移開了視線，盯著院中的一叢花木，淡淡道：「你叫妖妖？」一可見段小公子是外冷內更冷型……

天可憐見，尹小少爺自己也不喜歡這個名字，要不是他娘一直叫他爹妖孽，他也不會光榮地繼承了這一榮譽稱號。

不過狐狸的後代必然繼承了狐狸的本性，所以尹小少爺聽了這滿含諷意的一問後，立即淡定地回敬了一句。「你叫寶兒？」

段小公子的臉寒光四射。

沒錯，他有個小名，正是寶兒，全仗他曾祖父所賜。

當初老侯爺抱著剛出生的他跟抱著個寶貝似的，這個名字就這麼誕生了。

四年後的某日，段小公子對他祖父總結道：「關於吾名一事，曾祖父實在太過草率。」

老侯爺差點淚流滿面，而後默默蹲牆角反省去了。其實他老人家一點也不草率，起初他想取「貝兒」來著的……

段小公子很不高興，尹小少爺也不好惹。天雷勾動地火，光是眼神就默默廝殺了幾百來回。眼見著姨表哥跟姑表哥就要開戰，阿朝瞬間化身和平天使衝入了對峙的圈子，然後一不小心……成了倒在地上的一條池魚。

其實也不知道是誰先動的手，總之就這麼開打了。

身為青雲派宗主的獨子且很有可能是將來青雲派的接班人，寶兒，啊不，段小公子雖然年紀小，卻也有些基本功了。

而身為天下首富的獨子且必然會成為龐大家業的未來接班人，妖妖，啊不，尹小少爺因為自小身子弱，也早就開始習武。

所以兩人動手之後，頗有些架勢。

阿朝畢竟最小，晃晃悠悠地從地上爬起來，一見到這風風火火的一幕，瞬間驚駭，繼而便大哭出聲。

很快就有人趕來了，正是他姨母喬小扇。

不過喬小扇卻沒有阻止，反而抱著胳膊看著眼前兩個小孩兒從開始有些招式的比試，到完全亂撲亂蹦的鬥毆，再到累得栽倒在地上一動也不動。

「你叫什麼？」許久之後，她突然問了一聲尹小少爺。

「妖妖。」她家兒子十分及時地給出了答案，還不忘挑釁地看自己身邊的人一眼。

妖妖就要發飆，忽聽喬小扇道——

「是個好苗子，不過請的師父不怎麼好，我教你怎麼樣？」

「娘！」她家寶貝兒子瞇了瞇眼，聲音十分不滿，隱隱含著肅殺之氣。

妖妖本來還沒什麼興趣，一見寶兒的反應反而得意了起來，而後用力地點了點頭。「好，我學！」

「你要是敢學我娘的功夫，我一定跟你勢不兩立！」

妖妖挑眉。「我等著。」

阿朝左看看，右望望，又嗚哇一聲嚎了出來。

此事直接拉開了段小公子與尹小少爺之後往來不斷的鬥爭序幕……

十幾年後，當兩人俱已成為響噹噹的一方俊傑後，這種爭鬥仍舊沒有斷過。

除非不見面，見面必動手。

用阿朝的話說，這是兩個同樣嫌棄自己名字的人因無法對看似取名隨便、實際關愛自己的長輩表達不滿，只好轉而改用彼此械鬥的方式來表達各自的憤世嫉俗。

簡短來說就是：吃飽了撐著！

段小公子後來主要在南方一帶行走，於江湖一戰成名時，剛好趕上尹小少爺正式接替父親全力接管尹家生意。

世人不知兩人爭鬥，只知尹小少爺曾受過段小公子之母的指導，還以為這兩人是十分要好的師兄弟。

因兩人一南一北，甚至還有人專門為兩位少年才俊做了句詩，云：一劍驚鴻畫南星，五方失色雕北俊。

關於師兄弟的傳言和這句詩，很快便傳到了二人耳中。

彼時正在京城宴請四方的北俊尹小少爺展扇輕搖，眼波流轉，笑而不語，不過因半張玉容都被摺扇擋住，除去那雙彎月般的雙眸之外，實在看不出這個笑容是真心還是假意。

而南星段小公子正衣袂當風立於一葉扁舟之上，遊刃於萬丈絕壁之下的江面，手中寶劍叮的發出一聲細微輕響，而後微微偏頭，深潭般的黑眸從身後隨從的身上幽幽閃過，青山掩翠的春日瞬間化作雪舞冰封的寒冬。

段衍之手執一棋在尹子墨面前緩緩落下，端著茶盞悠悠然道：「你我之間也算鬥了許久了，如今倒似乎是子承父業了……」

後記

最初構思這本書時，只是單純覺得扮豬吃老虎的男人很萌、很有愛，但等段衍之此人真的成了一個具象的人物，我又發現其實最美好的是他跟喬小扇之間不離不棄的愛戀，而不是那些抽象的性格特徵。

段衍之對喬小扇的感情來自點點滴滴的小事，對她過往的憐惜，對她堅強淡然的欽佩等等，絲絲縷縷化入心間便成為了羈絆，再也不願割捨。

這一對雖然歷盡波折，終究是大團圓結局了。而要說全書最為讓人糾結的人物，當數太子無疑。

太子不僅自己糾結，也讓我糾結，結果讀者也跟著糾結。他做了很多過分的事，然而仔細回想，也有可憐之處。

文還在連載時，很多讀者都表示不相信太子對喬小扇有真感情，甚至他半夜偷偷去送解藥也被認為是惺惺作態。

其實他對喬小扇的感情確實不單純，更多的只是因為不甘。

生長在深宮之中，身邊所有女子都只會對他畢恭畢敬，甚至連平視他也不敢，以至於太子初見市井之中的喬小扇便被她吸引住了，當然此時還只是圖個新鮮。

在他心中，一直將喬小扇認為是原定的太子妃人選，原本就是他的所有物。加上後來太子妃的種種行徑，更讓他渴望喬小扇那種平和恬淡的女子相伴在側。

奈何隨著段衍之和喬小扇感情的加深，他已然求而不得，這便越發地使他深陷進去，掙扎於泥沼之中……

太子的表現很偏執，甚至有些歇斯底里，這主要與他的性格有關。天生善疑，為權勢拋棄了自幼深交的好友，這之後難免會不時產生悔恨，但說到底又不願服輸，自然煎熬痛苦……

值得慶幸的是他雖然給段衍之和喬小扇帶來了深深的傷害，卻還不至於留下傷痕。

此後一別經年，萬水千山，他會坐在高高的金鑾殿上，威嚴寂寞；段衍之則會與喬小扇攜手共度，前塵皆拋……

愛情，在任何地方都是最為美妙永恆和令人嚮往的情感之一。我始終覺得經得起考驗的男女情愛，才是真正的愛情。恰如喬小扇和段衍之，生離與死別的滋味都已嚐過，再攜手時，便更加懂得珍惜彼此。

有趣的是，在文連載的時候，經常有讀者詢問各種各樣千奇百怪的問題——

有人問段衍之跟尹子墨究竟是不是有男男感情？（呃……那只是喬小扇的誤會啊，汗！）

竟然還有人問段世子在遇到喬小扇之前是不是處男？（這個……很重要嗎？大汗！）

甚至有一次有人問我會不會也學喬小扇去搶個美男，若他也十分柔弱，會不會喜歡？（這這這……我想說，現在是法治社會啊，無敵瀑布汗！）

不過多虧了這些可愛的讀者，最終支持著我寫完了這個可愛的故事。如今它有機會越過海峽與臺灣讀者見面，實在榮幸之至。

也藉這本書向寶島讀者致意，祝願每個人都能擁有專屬自己的美好愛情。即使是「強來的」，那也是甜蜜的。因為如何開始並不重要，重要的是以後要一直繼續下去……

夏蘊清

二〇一一年八月十三日于南京

文創風 005

強嫁

國家圖書館出版品預行編目資料

強嫁 二. /夏蘊清著.
-- 初版. -- 臺北市 : 狗屋, 民100.11
面 ; 公分
ISBN 978-986-240-697-7（平裝）

857.7 100018597

著作者	夏蘊清
發行所	狗屋出版社有限公司
地址	台北市104中山區龍江路71巷15號1樓
電話	02-2776-5889～0
發行字號	局版台業字845號
法律顧問	蕭雄淋律師
總經銷	知遠文化事業有限公司
電話	02-2664-8800
初版	100年11月
國際書碼	ISBN-13 978-986-240-697-7

原著書名《強嫁》，由北京晉江原創網路科技有限公司授權出版。

定價210元
狗屋劃撥帳號：19001626
網址：love.doghouse.com.tw E-mail：love@doghouse.com.tw